水边的文字屋

曹文轩 著作

徐妍 选编

中国出版集团
中译出版社

图书在版编目（CIP）数据

文学里的中国：当代经典书系：全10册／铁凝等著；张莉等选编．－－北京：中译出版社，2021.7
ISBN 978-7-5001-6714-3

Ⅰ．①文… Ⅱ．①铁… ②张… Ⅲ．①中国文学－当代文学－作品综合集 Ⅳ．①I217.1

中国版本图书馆CIP数据核字(2021)第132727号

出版发行／中译出版社
地　　址／北京市西城区车公庄大街甲4号物华大厦6层
电　　话／（010）68359303，68359827（发行部），68358224（编辑部）
邮　　编／100044
传　　真／（010）68357870
电子邮箱／book@ctph.com.cn
网　　址／http://www.ctph.com.cn

出 版 人／乔卫兵
总 策 划／张高里　刘永淳
特邀策划／王红旗
策划编辑／范　伟　张孟桥
责任编辑／范　伟　张孟桥
文字编辑／张若琳　吕百灵　孙莳麦
营销编辑／曾　頔　郑　南
封面设计／柒拾叁号工作室

排　　版／柒拾叁号工作室
印　　刷／北京顶佳世纪印刷有限公司
经　　销／新华书店

规　　格／787mm×1092mm 1/32
印　　张／89.75
字　　数／1310千
版　　次／2021年7月第一版
印　　次／2021年7月第一次

ISBN 978-7-5001-6714-3　定价：568.00元（全10册）

版权所有　侵权必究
中　译　出　版　社

**作者
曹文轩**

曹文轩，1954年1月出生于江苏盐城龙港村。北京大学中文系教授，北京作家协会副主席。主要作品有《山羊不吃天堂草》《草房子》《红瓦》《根鸟》《细米》《青铜葵花》《天瓢》《大王书》《蜻蜓眼》《我的儿子皮卡》《丁丁当当》《火印》等。创作并出版绘本《飞翔的鸟窝》《羽毛》《烟》《永不停止的奔跑》等40余种。学术著作有《中国80年代文学现象研究》《第二世界——对文学艺术的哲学解释》《20世纪末中国文学现象研究》《小说门》等。由人民文学出版社出版《曹文轩文集》（19卷）。《红瓦》《草房子》《青铜葵花》等被译为英文、法文、德文、希腊文、日文、韩文、瑞典文、丹麦文、葡萄牙文、俄文、意大利文等文字，计70余种。曾获中国作家协会全国优秀儿童文学奖、宋庆龄文学奖、冰心文学奖、国家图书奖、输出版权优秀图书奖、金鸡奖最佳编剧奖、德黑兰国际电影节金蝴蝶奖、北京市文学艺术奖等重要奖项60余种。2016年获得国际安徒生奖。

选编者
徐妍

出生于吉林省梨树县。中国作家协会会员，北京大学文学博士，中国海洋大学文学与新闻传播学院教授。兼任中国鲁迅研究会理事、中国儿童文学研究会常务理事、青岛市文艺评论家协会副主席。主要从事中国现当代作家作品研究、鲁迅研究、儿童文学研究。学术著作有《新时期以来鲁迅形象的重构》《鲁迅论儿童文学辑笺》《曹文轩的文学世界》《文学研究的恒与变》《新世纪儿童文学的阅读与批评》。在《文学评论》《中国现代文学研究丛刊》等核心期刊上发表学术论文和文学评论百余篇。文学评论《凄美的深潭——"低龄化写作"对传统儿童文学的颠覆》获得第六届全国优秀儿童文学理论批评奖。专著《新时期以来鲁迅形象的重构》获得2009年山东省高等学校优秀论文一等奖。

目录

导言——曹文轩的水与梦共生的文学世界　001

短篇　　**田螺**　014

短篇　　**小尾巴**　044

中篇　　**甜橙树**　078

长篇　　**草房子**（节选）　104

长篇　　**红瓦**（节选）　152

长篇　　**蜻蜓眼**（节选）　192

长篇　　**樱桃小庄**（节选）　208

　　　　附录：曹文轩作品创作大事记年表　244

导言
——曹文轩的水与梦共生的文学世界

徐妍

中国首位国际安徒生奖获得者曹文轩是世界性的儿童文学作家,也是中国著名的当代作家。然而,在他四十多年的文学创作中,曹文轩与他所"师承"的中国古典形态的现代作家废名、沈从文、汪曾祺等的命运非常相似:似乎是熟透了的"金果实",实则常常被人们"买椟还珠"。人们大多倾心于他文学作品的唯美和典雅,但对他文学作品中的深邃的现代思想则忽视了。而且,曹文轩始终都不是"潮流"中的作家,他与中国古典形态的现代作家一样既谙熟"潮流",又疏离于"潮流"。不管"潮"来"潮"往,曹文轩都始终独立于"潮流"之外,以诗美的语言创造一个水与梦共生的东方正典。

曹文轩,1954年出生于江苏盐城的一个水乡。这水乡,距中国当代名家汪曾祺的老家——高邮不到二百公里。而汪曾祺的经典笔法、地域描写、古典风格等"汪氏'地域主义'"(曹文轩:《汪曾祺的文学世界》)对曹文轩的文学创作影响深远。而且,在那个特殊的年代,这水乡,有一望无际的大水和滩涂,有大芦荡和不屈的火种,有大悲调和恒常的人情,物质虽贫穷,但精神自有高格。

小时候的曹文轩,"长得很体面,不哭,爱笑,爱整天转着眼珠打量人,揣摩人,很招人喜欢"(曹文轩《童年》),被"大人"们称为"大眼儿"。父亲是"村小"校长,在那个物质匮乏的年代,他想尽办法,寻到品种名贵的多种树木,将校园装扮成一道风景;还与学生们一道动手在校园里动手挖掘出一个迷人的池塘,使得远近村舍的其他学校的师生们竞相前来参观。"村小"校长的父亲还为他惟一的独子——曹文轩积攒了一橱的文学书籍,且亲自担任曹文轩的文学启蒙老师和人生启蒙导师。曹文轩对鲁迅的短篇小说《肥皂》的第一次阅读,就是在父亲的引导下进行的。此后,曹文轩对鲁迅小说产生了浓厚兴趣,一本本抄录鲁迅作品。许多年后,鲁迅的文脉自然而然地流淌在曹文轩的文学作品里。父亲犹如一位哲人,严格教育他的儿子如何成为一位行动者。据曹文轩回忆:"一次,我跑到八里地外的一个地方看电影,深夜归来,已饿得不成样子,但又懒得生火烧饭去。父亲便坐起身,披件衣服对我说:'如果想吃,就生火去做,哪怕柴草在三里外堆着,也应去抱回来。'就在那天晚上,他奠定了我一生积极的生活态度。"与父亲的以礼"育儿"的相处方式不同,宠爱他的祖父、慈和的奶奶和少言的母亲、灵秀的妹妹们(小妹妹曹文芳已是一位知名的儿童文学作家)则以情暖心地相伴相惜。曹文轩还幸运地接受了那个特殊年代里优质的中小学教育,因为曹文轩的中小学老师多是"下放"到水乡的学识渊博的知识分子。曹文轩特别幸运地遇到了将他"引向了文学世界"的恩师——县文化馆的李有干先生,他在多个方面接受了李有干先生的影响,用曹文轩的话来说:"他的性格、作风、甚至生活上的习惯与嗜好,都在那段与他密切相处的岁月里,潜移默化地影响了我。"(曹文轩:《李有干先生》)凡此种种……在水乡亲人师友邻人的恩泽中,曹文轩的文学世界获取了爱与美的精神底色。

当然，曹文轩对水乡人的记忆始终是与"水"联系在一起的。"我家住在一条大河的河边上。庄上人家也都沿着河边住。"（曹文轩：《童年》）在这个看似波澜不惊的语句里，内含着曹文轩对水乡之"水"的深厚情感和理性审视。他对于"水"，有感恩，也有宿命。正是基于对"水"的情与理相交织的复杂情感，曹文轩才成为作家曹文轩。可以说，曹文轩的记忆、个性、文字、作品、审美趣味、文学理想、美学思想无不与"水"有关。特别是，曹文轩对某些现实题材的作品过于拘泥现象的警惕，对某些现代主义的作品过于追求"恶"与"脏"的拒绝，都源自他的文学的"水"哲学。对曹文轩而言，文学作品中的一切人与事，尽在"水"之中。而且，曹文轩的水乡之"水"不断与不同地域、不同国别的"水"相遇、汇合、博弈，进而更加壮阔和复杂，也使得曹文轩一次次诞生为别样的作家。何谓"别样"？与众不同者；不被"潮流"裹挟的人；沿"水流"沉思并逆流而上的人。

1974年9月，二十岁的曹文轩离开水乡，"身着一套从一位退伍军人那儿讨来的军服（那是那时的时装）"（曹文轩：《天堂之门》），来北京大学报到了。曹文轩原本就读的是图书馆系，后因"会写东西"被转到中文系。然而，彼时，那座被号称亚洲最大图书馆的北京大学图书馆是闭馆的。曹文轩借助于北京大兴基地的"木板房"图书馆，才得以恶补了"大部头"的哲学书，为他的文学创作提供了哲学思想。再加上曹文轩的血液里遗传了"哲人"父亲的强大基因，使得他对哲学的迷恋并不逊色于对文学的热爱。其实，曹文轩的文学世界又何尝不是文学的哲学，或文学的"水"哲学？后来，曹文轩从大兴基地被抽调出来，到北京汽车制造厂参加了"三结合"创作小组，开始了长篇小说的习作创作。1977年9月，曹文轩毕业了，留校了，执教于北京大学中文系。此时，中国当代社会恰逢进入"新时期"，曹文轩也开始了别样创作历程。

20世纪80年代，曹文轩创作了一系列儿童视角的小说。自1982年2月在《儿童文学》上发表了短篇小说《弓》并获得了《儿童文学》优秀作品奖始，曹文轩相继创作了以中短篇小说为主的如下作品：中短篇小说集《没有角的牛》、长篇小说《古老的围墙》、中短篇小说集《云雾中的古堡》、中短篇小说集《哑牛》、中短篇小说集《暮色笼罩的祠堂》、中短篇小说集《忧郁的田园》。在曹文轩的80年代小说中，那个苦涩又芳香的水乡，因他的追忆而复活。而且，曹文轩的80年代小说虽然没有直接进入中国80年代文学的主潮,但又无不透露出80年代中国文学所特有的真诚、纯净、明亮、饱满的时代气息。这意味着曹文轩的80年代小说虽没有如"伤痕文学""改革文学""反思文学""寻根文学"那样让历史和现实正面"入驻"作品,也没有如"先锋文学""新写实小说""新历史小说"那样将西方现代主义美学观念幽深地"植入"作品,而选取了中国古典形态的现代作家的叙事方法:以儿童视角对历史和现实进行诗性侧面叙事。这样,在曹文轩的80年代小说中,大水、芦苇荡、鸽子、池塘、白栅栏等景物,白帆、细茶、阿雏、哑牛、海牛、香菱等人物,的确隶属于中国古典美学范畴,但所表现的则是80年代文学语境里的中国精神。总之,无论80年代的文学潮流如何涌动,曹文轩的80年代小说既承继了中国古典形态的现代作家的节奏、韵律、气韵、境界,又致力于建立一个水与梦共生的明亮又忧伤的80年代的文学世界。

20世纪90年代初期,市场经济的浪潮和社会现实的变化引发了中国主流文坛的"人文精神大讨论",但曹文轩继续保有了水乡记忆给予他的安静、坚韧的个性,一面研究小说和文学,一面选取成长小说的形式来继续建立独属于他的水与梦共生的文学世界。从1990年到1993年,曹文轩除了出版了《第二世界——对文学的哲学解释》这一代表性的学术著作，还出版和发表了如下代表性的文学作品：长篇小说《山羊不吃天堂草》；短篇小说集《绿色的栅栏》；短篇小说集《红帆》。这些作品表明，曹文轩的文学世界固然保留了他80年代作品中的古典主义的纯净和忧伤，但适度地增加了复杂的现代主义的思想意蕴。

1993年10月，曹文轩赴东京大学任教十八个月。这段旅日体验对曹文轩的文学创作产生了至关重要的影响。可以说，思想者型作家曹文轩因旅日体验而诞生。经由十八个月的旅日体验，那发源于水乡的"水"汇入了清少纳言、川端康成、安房直子等日本唯美主义作家的异域之"水"，这使得曹文轩决计将中国当代主流文坛对现实和历史的"直视"与"横扫"改变为"凝视"和"一瞥"。这样，曹文轩作品中的叙事风格更为诗化和唯美。特别是旅日时期，"古典美感"作为曹文轩文学词典的核心词，与现代主义文学词典的"恶"与"脏"的抵抗意识在萌生了。这样，曹文轩于1995春夏之交回国后，非但没有投身于中国主流文坛的现实主义或后现代主义的"潮流"中，反而更加坚持中国古典美学风格的写作立场。只是曹文轩所坚持的中国古典美学风格，不仅包括古典美感，而且内含现代意蕴——然而,后者的思想性却常常被人们所忽视。

　　从1994年到1999年,曹文轩创作、出版的主要作品有:短篇小说集《红葫芦》、中短篇小说集《埋在雪下的小屋》、短篇小说集《蔷薇谷》、短篇小说集《三角地》、短篇小说集《大水》、长篇小说《草房子》、长篇小说《红瓦》、长篇小说《根鸟》、随笔集《追寻永恒》。上述作品体现出思想者型作家曹文轩抵达了文学创作的大成期。其标志有三:其一,在文学的深处,诞生了少年的天堂,人类的故乡——水边的"油麻地"这一极具中国古典主义美学精神的核心意象,确立了中国古典主义的高贵美学;其二,曹文轩不仅作品丰硕,而且创造了深具古典主义美学风格的大成之作——"成长小说"三部曲《草房子》《红瓦》和《根鸟》,塑造了桑桑、林冰、根鸟、纸月、陶卉等高贵的中国少男少女形象,确立了中国当代成长小说的经典样式,以此承担了以中国古典美学精神重建现代社会新秩序的时代使命。其中,《草房子》创造了中国新时期文学长销书与畅销书品格兼具的中国当代出版界神话——至2016年,《草房子》已三百次印刷。其三,曹文轩小说的影响力已经发展至日本和韩国,其中《红瓦》中的一章已被收入韩国中学教科书。

新世纪第一个十年,曹文轩在国外的影响力由日、韩扩大到欧、美。2004年,曹文轩获得国际安徒生奖提名奖。与此同时,曹文轩在国内的影响力更是大增,两次获得国家图书奖、全国优秀儿童文学奖、宋庆龄文学奖金奖、"五个一"工程奖、金鸡奖等多项大奖。2003年初,作家出版社推出了九卷本《曹文轩文集》。

可以说,一位正值盛年的作家,获得如此可观的文学成就,真是可喜可贺。但曹文轩却在此时陷入困惑,因为新世纪文化秩序的失序难免让一位古典主义秩序论信奉者产生焦虑。特别是到了2004年,曹文轩的文学创作的表面平静被打破了,一位古典主义者有关美与真相平衡的信念遭到了空前的挑战。他退无可退了!他倒要看看如果将古典主义和现代主义这两种美学混合在一起,会产生什么样的气味?是如榴莲一样浓烈的现代主义气味,还是如柠檬一样清新的古典主义气味?

2005年,长篇小说《青铜葵花》与长篇小说《天瓢》出版。如果说《青铜葵花》依旧是一部古典主义美学风格的成长小说,《天瓢》则是一部难以归类的小说。曹文轩以往小说中特有的纯情少男少女、芦苇荡、大河、鸽子等古典主义核心意象被"抛"在一场场无尽无休的雨水之中;

曾经被自然、友谊、亲情庇护的少男少女成为一场场灾变的苦人儿;曾经构成小说核心要素的古典主义意象固然存在,同时也伴随着三角恋、性、欲望、死亡、权力、阴谋、嫉妒、仇恨、政治、革命、狂欢等现代政治小说与现代情色小说的要素。曹文轩的小说从"油麻地"的古典家园一路走来,至《天瓢》,已独自步入了一条没有庇护的孤独之路。

《天瓢》之后,曹文轩本可以进入成人文学世界。要知道,曹文轩对现代主义小说的观念、手法是太熟悉不过了。而且一部透视现代中国知识分子的长篇小说已经孕育好久了。然而,就在这个当口,国内图书市场上,儿童文学繁华中的危机凸显出来。而在所有的读者群体中,还有谁会比儿童读者更需要曹文轩呢?为此,他将一面为儿童读者创作多种文类的文学作品,一面继续探索转型之路——以承继的方式告别"油麻地"写作时期。

长篇系列幻想小说《大王书》实现了他期待好久的"大幻想文学"的创作,既是对十九世纪伟大作家列夫·托尔斯泰的长篇小说《战争与和平》的悲悯与壮阔进行承继,又是对20世纪英国学者型作家托尔金长篇幻想小说《魔戒》的信仰与想象表达敬意。

此后，他还创作了长篇系列小说《我的儿子皮卡》《叮叮当当》、图画书《天鹅的呼唤》《菊花娃娃》《柠檬蝶》等，以及短篇小说《小尾巴》等。新世纪第一个十年结束之际，人民文学出版社于2010年秋出版了十三卷本《曹文轩文集》，收录了曹文轩自新时期至新世纪第一个十年有代表性的文学作品和学术著作，呈现了曹文轩所具有的持久的文学创造力和思想创造力。

新世纪第二个十年，曹文轩成为具有世界性影响的著名儿童文学作家。其标志性的事件便是2016年4月国际安徒生奖评委会评委全票通过了曹文轩为本届国际安徒生奖的获得者。获得国际安徒生奖之后，曹文轩非但没有陷入"停笔"的"魔咒"，反而呈现出更加丰沛的创造力。在短短的四年时间里，曹文轩出版了长篇小说《蜻蜓眼》《疯狗浪》《樱桃小庄》《没有街道的城市》，"曹文轩新小说"系列、长篇系列儿童小说《皮卡兄弟》、图画书《羽毛》（［巴］罗杰·米罗绘）《永不停止的奔跑》（［俄］伊戈尔·欧尼可夫绘）等。上述作品意味着个人写作史意义上曹文轩"出油麻地记"（曹文轩语）的不断诞生，同时也意味着曹文轩在新世纪文学背景上对"正典"写作的不断探索。其中，长篇小说《蜻蜓眼》特别具有"出油麻地记"

和"正典"写作的双重意义。《蜻蜓眼》动用了曹文轩珍藏、打磨了三十年的故事，选取中法混血少女阿梅为叙述者，设计了中国古代饰物——蜻蜓眼为核心意象，通过中国上海、法国马赛、中国宜宾这三座城市的空间转换，讲述了20世纪20年代中期始至"文革"后期杜家四代人相濡以沫的家族悲情故事和少女阿梅的成长过程，堪称深具中国古典悲剧精神、融合写实主义、浪漫主义和现代主义的中国成长小说的正典写作，亦是深具世界性面向的正典写作。

至此，不论世界如何变化，时代如何跃进，曹文轩始终信守他所认定的、具有正典品质的文学创作观念：优秀的儿童文学作品是属于儿童的，亦是属于成人的；是属于中国的，亦是属于世界的；是属于今日的，亦是属于未来的。而这样的儿童文学观念固然属于一位中国作家，亦属于将正典文学作为创作旨归的世界作家。

曹文轩创作谈：

在我的全部作品中，写乡村生活的占绝大部分。即使那些非乡村生活的作品，其文章背后也总有一股无形的乡村之气在飘动游荡。

至今，我还是个乡下人。

我土生土长在农村。二十岁之前的岁月中，我是一个地地道道的农村孩子。回忆往昔，我总能见到一个永恒的形象：一个瘦小而结实的男孩，穿着脏兮兮的破衣，表情木讷但又充满野性地站在泥泞的田野上；他在水沟中抓鱼，尽管并不能抓到什么了不起的大鱼，但，他却是投入的、忘我的，他浑身上下都是泥巴；他在稻田中追捉一只"纺纱娘"，尽管赤日当空，晒得野外不敢有人走动，但他还是将双眼瞪圆，死死盯着那个绿得透明的小精灵；月光下，他钻过篱笆，钻进了人家的瓜地，忽然听到主人家的"吱呀"门声，于是他像一只猫伏在瓜丛里……

……

乡村固定了我的话语，因此，我写起《田螺》这样的作品来，总有如鱼得水，顺流而下的轻松与自如。

短篇

田螺

一

　　整个一个下午，小六顺就这么悄然无声地坐在土坡上的楝树下。此时，已是初夏天气，楝树上开出一片淡蓝如烟的小花。

　　六顺总能看见那片田野，也总能看见在田野上拾田螺的何九。

　　田野很简单，尽是水田。水田间是水渠，水田里盛着蓝晶晶的、阴凉且又毫无动静的水。水面上有一些从田埂上垂挂下来的无言的草茎。田里的秧苗尚未发棵壮大，田野绿得很单薄，很没有力气。还未被秧叶遮住的田水，泛着清静的水光。田野几乎是无声的，静止不动的。偶尔有一棵楝树在地头的田埂上孤立地长着，顶着几片轻柔的云彩，更衬出田野的空疏和寂寞。

此刻，何九独自拥有着这片田野。他戴一顶破斗笠，背一只柳篓，在聚精会神地寻觅着田螺。

这地方的水里，生长着一种特殊品种的田螺：个很大，最大的比拳头还大；螺壳呈扁圆形，很坚硬，颜色与水牛角相似，色泽鲜亮，油光光的，仔细看，还有一些好看的金黄色暗纹；壳内螺肉饱满，并且特别鲜嫩。螺壳的漂亮，使许多城里人动心，弄一两颗放在玻璃柜中，权当一件小小的艺术品欣赏。

何九似乎每拾一颗这样的田螺，都有一丝欣喜。他微驼着背，在田埂上走，目光来回于田埂这边的田和田埂那边的渠。田里的田螺，有些他一眼就看到了，有些他先看到的只是它们从泥土上滑动过后留下的细辙。每逢这时，他的目光就随着那清晰而优美的细辙耐心而愉悦地追过去，有时要追出去丈把远，目光才能触摸到它们。这个时间里，他的眼睛总睁得很大。然后他用眼睛盯住它们，小心翼翼地把脚插到秧行里，一步一步走过去。将它们拾起后，他会顺手在清水里轻轻涮涮，再将它们丢进篓里。渠里的田螺总吸附在渠边水下的草茎上。细细长长的草茎上，却硬有几只大大的田螺吸附着，颤颤悠悠，半隐半显，那形象煞是动人。每逢这时，他格外耐心。他先在田埂上跪下，然后俯下身子，将手轻轻伸入水中，像捉一条游动的小鱼一样小心。他知道，若稍微一碰草茎，或使水受到震动，受惊的田螺就会立即收起身子，与草茎脱落开来，向水的深处急急沉去。

何九就这样在空寂的田野上不停地转悠着，如同一个飘来荡去的孤魂。

六顺望着何九的身影，总会想起十天前的情景来——

村头围了一堆人，何九被围在中间。前天，他借了大伙出钱买的那条合用的大木船，说去芦荡割些芦苇盖间房子。而今天早晨，他却突然报告村里人，说那条大木船拴在河边上不见了，四处都找遍了，也找不着。人们或互相交换着眼色，或低声嘀咕，但朝何九斜瞥或直射的目光里，总含着怀疑，有些目光里甚至含着鄙视。

"你很会用船，该知道怎么拴住它。拴船的又是根铁索，是不能被风吹走的。"村里摆肉案的把手在油乎乎的围裙上搓擦着说。

何九说："是不能被风吹走的。"

"那这船飞上天啦？"说话的人是放鸭的阿宝。他一个冷笑，歪过脸去。

何九无言以对。过了好一阵，才说出另一种可能来："莫非被人偷了？"

"偷了？谁偷？这村里还有谁会偷？"孟二家的媳妇把奶头准确地塞到怀中孩子的嘴里，眼睛往一旁看着说。

何九立即低下头去。

何九的名声很坏，方圆几十里，都知道有个何九。从前，他走到哪儿，哪儿的人都会突然地警觉起来。等他离去后，总要仔细清点一下东西。半年前，他才从牢里释放出来。

"打我记事，这村里就没有丢过船。"老木匠把话说完，一使劲，把烟斗里的烟灰全都"噗"了出来。

"船倒是没丢过，可丢过一条牛。"不知是谁接过一句话，立即转身挤到人群外边去了。

谁都知道，那牛是何九偷了，到远地方卖掉了。

"我真不知道船到哪儿去了！"何九大声说。

人们依然冷言冷语地说着。

"你们是说我把船偷出去卖了?"何九转着圈问着人们。

"我们可没有说你偷。"

这人群一直聚集着。

何九几乎是喊叫着:"你们让人把我再抓起来吧!"

人群慢慢散开,但依然没有离去。

村里最老的一位长者走到何九跟前,看了他半天,说出一句话来:"你是改不了了!"他朝众人挥挥手,"走吧,走吧。"

人们这才散去。

村头只剩下何九。他呆呆地坐在树根上,眼睛睁得很大,却无一点神采。不一会儿,天下起雨来了。他居然没有感觉到,仍坐在树根上。大雨倾倒下来,将他浑身淋透,几丝已经灰白的头发被雨水冲到脸上,遮挡着他那一双困惑、悲哀,又有几分茫然的眼睛。

这一切,六顺看得十分真切,因为当时,他也一直站在不远处的雨地里。他记得当时自己浑身打着颤儿,几次想走到何九身边,几次想对他说些什么。然而,他终于没能那样做，只是用牙死死咬住手指，更加厉害地在雨里颤抖着。

这些天，每当六顺想起那番情景，还会禁不住微微颤抖。

天空下，忽然飞来一只鹰和一只黑鸽。那鹰在追捕着黑鸽。这追捕也不知是从何时开始的。黑鸽大概看到了它的下方有两个人，不再一路飞逃下去，而是在六顺和何九的头顶上与鹰盘旋着。这景象牵住了六顺和何九的目光。他们仰起头来，关切地注视着天空。

这场较量在力量上是极不平等的。那鹰单体积就比黑鸽大出三倍。它在空中飞翔，简直像叶帆。它只把双翅展开，并不拍击，借着高空的气流，在黑鸽上方阴险地滑翔。离死亡就剩一步之遥，黑鸽仓皇地躲闪着。鹰并不俯冲下来，仿佛要等黑鸽飞得精疲力竭了再来捕获它。黑鸽的飞翔越来越沉重，挣扎着在天空很勉强地飞着。

大概何九觉得黑鸽很可怜，挥着双臂，朝空中的鹰"嗷嗷"叫着，驱赶它离去。

鹰并不在乎。

六顺抓起两块土疙瘩，从坡上冲下来，帮何九一起吓唬着鹰。

鹰却不想再拖延这场追逐，突然将身子倾斜，像一张加速的铁皮，对着黑鸽，从半空里直削下来。

黑鸽被打中了，掉在地上。就当鹰要伸出利爪去抓黑鸽时，何九以出人意料的速度扑过去，赶走了鹰。他从地上捡起了黑鸽。当他看到黑鸽的一只翅膀被打断，正流着鲜血时，他的眼睛里满是怜悯。

那只黑鸽的羽毛漆黑如夜，两腿却是鲜亮的红色。它在何九手里"咕咕"叫着，颤抖着受伤的翅膀。

"你想要它吗？"何九问六顺。

"你不要吗？"

"我想要。"

"那就给你吧。"

"我住在村后，四面不靠人家，很冷清，听它叫几声也好。"何九说。

六顺望着何九，忽然叫了一声："九叔。"

何九说："你怎么总坐在坡上？地上潮，凉，别在那儿坐了。"

"嗯。"六顺答应道。

"你今年十三了吧？"

"十四啦。"

"真快呀，说话都十四了。"

"你拾田螺干吗？"六顺问。

"卖钱，下给城里的小酒店，这几年，城里人嘴馋。"

"卖钱干吗？"

何九不说话，只是用手指轻轻地给黑鸽擦着翅上的血迹。好半天，才回答六顺："买船，买条大船。"

六顺看到，何九的眼睛有点潮，有点红。

二

几天后，六顺编了一只柳篓，也拾田螺来了。

何九问："你拾田螺干吗？"

六顺说："卖钱。"

何九问："你小孩家要钱干吗？"

六顺说："家里要盖房子，缺钱。"

何九说："你多多拾，我带你进城去，也下给小酒店，你有多少，他们要多少。"

六顺说："好的。"

六顺的到来，使何九觉得田野不太寂寞了。他们虽然得分开来拾，但总能互相见到身影，不时地还能说上几句话。人不能经常地不见到别人，不能整天没有别人跟他说话。以前的那些天，何九形单影只地在这田野上转悠，整天沉默不语，觉得世界太空太大，叫人心里发虚。

拾着拾着田螺，会无由地突然立直身子四下里张望，直到看到远处有人在走动，那颗空空落落的心才稍微放下一些。有时，他自己跟自己唠叨，跟抓在手里的田螺唠叨，跟这漫无边际的田野唠叨，但唠叨着唠叨着，心里便会生起一丝酸楚和悲哀，叹息一声，又归于沉默。

现在，每当他抬起头来，见到不远处的六顺——特别是赶上六顺也正好抬起头来，向他投来一双清纯、温暖的孩子目光时，他感到了一种平静和踏实，心里对六顺充满了感激。

地头还有一颗黑色的小生命——那只受伤的黑鸽正安静地蹲在何九为它准备的草垫上。它至少现在不能再飞向它的天空了。不长时间的相处，它便对主人产生了一种依恋之情，每当何九走近时，它就会耷拉着翅膀，摇摇摆摆地走过来，并且"咕咕咕"地叫着。而此时的何九——一个中年汉子，感情就会变得很脆弱。他蹲下身子，将它捉住放在左手的手掌上，然后用右手轻轻地抚摸它的羽毛。

六顺在一旁见到，心里很感动，对这只小东西也就倍加怜爱。

在地头，有时他们还一起坐下小憩。何九就会用草秸给六顺编个小笼子呀什么的。六顺会扯下一片草叶，吹出好听的鸟鸣来。

于是，田野变得很温馨，很有人情味儿。

他们把田螺拾回家中，先在大木盆里用清水养着，每隔两天，就用麻袋装了，用自行车驮到四十里地外的城里，下给城里的小酒店，然后得一笔挺不错的收入。何九对钱很在意，每逢挣得一笔钱，总会反复数那些票子。六顺是拾不过何九的。何九就把拾田螺的门道一一告诉六顺："拾田螺要起大早，那时的田螺，全都爬到浅水处来了，水渠里的田螺能一直爬到露出水面的草茎上；要拾大田螺，须到深塘边上的芦苇丛里找，一只一只地都附在芦苇秆上，你小心别碰着芦苇秆就是了；雨天，田螺也喜欢出来，放水的缺口里都能拾个几斤；打谷场边的水沟里，烂草多，就是脏些，可田螺最多，有时能一手摸到几只……"

六顺多了一些拾田螺的经验之后，果然一天多拾好几斤。他对钱也很在意，一分一分地挣，挣了就藏在瓦罐里，一有空就拿出来数一数。晚上睡觉，要抱着瓦罐睡。

这天，六顺对何九说："九叔，我们去人家荷塘里拾吧。"

何九说："行。"可走了几步，又踟蹰不前了，"还是不去荷塘拾吧。"

"荷塘里没有田螺吗？"

"有，很多，大个的，都附在荷叶茎上。"

"那为什么不去拾呢？"

"你去拾吧。我就在田里拾。"

六顺困惑着，独自去了荷塘。这里的人家，几乎家家门前都有一个荷塘。六顺随便挑了个荷塘就下去了。荷塘里的田螺果然很多。荷叶茎上有，浮在水上的荷叶背面也有，有的田螺居然爬到荷叶上面来了，一张碧绿的荷叶托着一颗黑宝石似的田螺，也真好看。荷塘里的水又特别清澈，即使有些没有顺荷叶茎爬上来的田螺，都能看见。六顺禁不住一阵一阵地欣喜。他顾不得叶茎上的刺刺人，也顾不得卷一卷裤管，只顾去拾那些田螺。拾了半篓，他突然想到了何九，就爬上岸来，兴冲冲地往田野上跑，两只湿漉漉的裤管就"扑嗒扑嗒"地响。见了何九，他上气不接下气："九叔，荷塘里……田……田……田螺……多……多……"

何九依然犹豫着。

"去荷塘里拾吧，有那么多荷塘呢。"六顺说。

"好吧。"何九说完，把那只黑鸽放到肩上。

两人一起下了一个人家的荷塘。

一个小女孩走过来，抿着小嘴，用一对特别大的眼睛看了何九好一阵，转身进家里去了。不一会儿，走出她的母亲来。她母亲装着收拾菜园的篱笆，不时地用眼睛瞟着她家的荷塘。那个小女孩把身子藏在草垛背后，却把脸探出半边，也用眼睛盯住荷塘。

六顺问何九："她们在看什么？"

何九似乎早看到了那两双眼睛，脸上的表情很难看。他告诉六顺："她们在看我呢。怕我偷她们家的藕呢。"他的身体变得有点僵硬，不知该怎么动作了。

六顺不知道该不该再拾了，不知所措地站在荷塘里。

"六顺，你在这里慢慢拾，我先走了。"何九爬上岸去。

六顺心里很难过，也爬上了岸。

那两对目光随着何九而移动着。何九完全能够感觉到。

走了几步，他停住了，从腰间取下柳篓，抓住篓底，"哗啦"一声，将篓中的田螺全都倾泻在荷塘里，然后又亮了亮篓底，弯腰抱起那只黑鸽，头也不回地走向田野。

六顺在心里狠狠地骂了那母女俩，并把恼怒的目光特别对准那女孩，心里很得劲地骂了一句："小女人！"照何九的样子，也把柳篓一倒，将田螺全都倾泻在荷塘里，亮亮篓底，转身追随何九而去……

三

六顺不再提去荷塘拾田螺了。他尽量靠近何九，找些话头儿与何九说说话，但何九少了许多言语。六顺便也把头低下去找田螺。沉默久了些，倒是何九又扯起话头儿来。好在有那只黑鸽在，把那沉默冲淡了不少。它居然能飞起来了，虽然折断了一根翅膀。它飞得极不平衡，一忽闪一忽闪，像一片黑纸片儿在风中刮，似乎全由不得自己。这时候，六顺和何九便都立直了身子站在那里，很担忧地观望着，生怕它栽倒在田里。但它却尽在何九头上盘旋，仿佛要制造出一些生动的景象，把何九心中的死水搅出些微澜来。当它终于再无力飞翔、很笨拙地落到何九肩上时，他得到了一种慰藉，于是朝六顺苦涩而又满足地笑着。

过了些时候，何九的心情才好了些。这使六顺的心情也轻松了许多，常不去拾田螺，在田埂上的草丛里抓一种叫"草草婆"的虫子玩。那虫子有两条能屈起的长腿，用手捏住它的长腿，它便一下一下地磕头。六顺在嘴中念念有词："草草婆，你磕头，六顺打酒给你喝……"要不，就一边拾田螺，一边用了很不稳当的嗓音唱些野曲儿。

何九说："六顺，你唱得不好听。"

"那九叔你唱。"六顺说。

何九唱不出，六顺就盯住他："你唱呀，你唱呀。"

何九被六顺盯得没法子，就唱起来。压抑得太久太久了，那声音仿佛原是被岩石堵在山洞里的，现在岩石突然裂开了一道缝，便一下子钻了出来，很锐利，很新鲜，又有点怯怯的。

黑鸽从田埂上起飞了，在何九的声音里飞翔着。

三月三，九月九，

没娘的姑娘回到娘家大门口，

哥哥抬头瞅一瞅，嫂子出门身一扭。

不用哥瞅，不用嫂扭，

我当天回来当天走，

不吃你们的饭，

不喝你们的酒……

六顺听着听着，觉得何九的声音悲凉起来。大概是何九觉得那姑娘太苦了。可何九还是不停地把歌唱了下去，半是快乐，半是悲伤……

平静的光阴里，天地间换上盛夏的景色。七月的乡野，躺在了炎炎火烧的阳光下。晴朗的白天，整个天空里，都是令人目眩的金色。庄稼以及草木，乌绿乌绿地生长着，显出不可遏制的样子。放鸭的小船都歇在河边树荫下。水牛也都在水里浸泡着。只有不知炎热的孩子们，赤着身子在桑树上找天牛，或到草丛中抓蚂蚱。

六顺是孩子，但他不能玩。似乎有根鞭子悬在他的头上，他必须不停地拾田螺。

何九买了两块白纱,在池塘的凉水中浸湿,抖开,给了光脊梁的六顺一块:"披上,凉快。"

当微风吹起白纱时,从远处看,仿佛田野上飞了两只白色的大鸟。

这两只"大鸟"总是一整天一整天地停留在田野上。炎热是不能把他们赶到荫凉处去的。他们要拾田螺、拾田螺……

这天早晨,六顺给何九带来一个消息——此后,六顺为自己带来这个消息而后悔了许多日子。他告诉何九,村里人正捐款盖学校;等学校盖起来了,还要立一块碑,凡捐了款的,都要将名字刻在碑上。

何九没有想将自己的名字刻在碑上,只是想:我也是村里人,该出这份钱。他洗了洗手,让六顺领着,来到房基地。那里的一棵大树下,放了一张桌子,从前的账房先生阿五受了大伙的委托,正在收钱。那时,村里人正为没船装运沙石木料而在焦愁,而在议论丢船的事。何九来时,只见人们一个个板着脸不说话,先有了几分尴尬。他赶紧把捏在手里的几张汗津津的钱递给阿五。阿五却当没有看见,先收下了排在他后面的人的钱。他只好硬着头皮站着。

阿五又收了几份钱。这一会儿,已没有捐款的人了。他把钱往阿五跟前推了推:"这是我的。"

阿五说:"钱够了。"把钱又推了回去。

人们又开始议论船的事了。

阿五见何九僵着,说:"你的钱,就自己留着吧。"

何九的眼睛一下胀凸出来,手也禁不住颤抖起来。他一下抓住桌上的账簿,大声地问:"为什么不收我的钱?"

阿五走上来,一把从何九手中抢下记账簿,然后扔到抽屉里,说:"这读书的,都是一些干干净净的孩子!"

何九的脸色一下变得苍白起来,额上渗出许多汗珠,两眼失神,身子好像矬下一截似的。

人们各自散开忙事去了。

来了一阵风,把桌上的钱全都刮到了地上。

何九转过身,拖着沉重的身体,朝田野走去。

黑鸽飞过来,立在他似乎一下子又瘦削了许多的肩胛上。

六顺低头跟着。

有人喊:"六顺!"

六顺却头也不回,坚定地跟着。但不知为什么,他的样子很像个罪犯。

打这以后,何九更加拼死拼活地拾田螺。常常是六顺还未赶到田野上,他就已先拾了一篓了。天黑了,他还不回去。看不见田螺了,他就用手在水渠里、沟塘里摸。一天深夜,六顺出去撒尿,只见田野上有一星亮光在动,心里觉得很奇怪,便跑过去看,只见是何九提着方罩灯,在水渠里找田螺。苍黄的灯光,把他的身体衬得像个晃动的黑影子。其实,何九夜里拾田螺,已有好几天了。那微暗的灯火,在田野上游动,像无家可归的魂灵。村里人说:"是鬼火。"

过了几天,这"鬼火"又多出一个,一高一矮,一前一后,一左一右,一会儿在田里,一会儿在渠边游动,有时碰到一起,一阵停住不动之后,又分离开去,分离开去……离开老远,然后又慢慢地靠拢……

四

六顺的心不知被什么折磨着,眼睛里总留着梦魇的痕迹,身子一日一日地瘦弱下去,像一匹肚皮瘪瘪、到处找食的狗。

像何九一样,他尽可能地去拾田螺,村里人说:"六顺的魂丢在田里了。"

这两天，他们拾了不少田螺，下午一人蹬了一辆破车，傍晚时，把田螺驮到了城里。

城里人确实很馋，天一晚，街两旁的小酒店，就纷纷摆出桌子，把炒好的田螺一碗一碗、一盘一盘地摆出来，于是就有人在矮凳上坐下喊："来一碗。"田螺分去尾的和不去尾的。将田螺去了尾，再放上清水养几天，田螺把泥全都吐了出来，自然要卫生一些，并且进味。不去尾的田螺要用竹签往外挑螺肉，而去了尾的田螺，只需猛地一吸，肉便入了口中。去了尾的田螺自然也就贵些。小酒店的老板们知道人们不在乎多几个钱，一般都把田螺去了尾。这个小城里的人，吸田螺又都很有功夫，一吸一颗，并把声音吸得很脆，于是一街的"欷欷"声。

六顺觉得他们很可笑。

何九让六顺先把田螺下给了一个小酒店，又到另一家小酒店去下他自己的。这家小酒店的老板是个地痞。他先是对何九的田螺大大地贬了一通，接着使劲压价，当何九说"不卖了"准备要走时，他却横着胳膊挡住："好，照你的价，我全要了。"他让何九与六顺把一麻袋田螺弄到磅秤上，随手抓了一只砣一磅,报道:"八十斤!"何九正疑惑着,已有两个伙计过来拖走麻袋,把里面的田螺"哗"地倒在了还剩些田螺的大木盆里。

"不对!"何九说,"不止八十斤!"

老板一指磅说:"我还没动,你可看清了!"

这里何九去看量度,老板顺手换了一只轻砣。

何九与六顺都使惯了杆秤,一见到磅秤就发毛,怎么也算不过账来,看了半天,也搞不清楚到底是多少。何九就到外面请了几个吃田螺的帮他看,都说是八十斤。可何九坚持说不止八十斤。老板给他钱,他不要。老板便骂了一声:"去他妈的!不要拉倒!"把钱扔回柜台里。

"我不卖了!"何九说着,抓起麻袋,和六顺一起奔往大木盆。

"呼啦"一下,从里面出来四个汉子,拦在了何九的面前。

老板说:"我家大木盆里原先就有大半桶田螺!"

何九和六顺往前去,那四个汉子就将他们往外搡。

六顺急了,一头扎在其中两人之间的缝隙里要往里钻,却被那两人紧紧夹住,使他进不去出不来,呼吸困难,一会儿憋紫了脸。

何九一见，便与他们打起来。何九的身体很虚弱，几拳就被人家打倒在地。他叫着"我要我的田螺"，扶着桌腿爬起来，脸上又挨了一拳，重又跌在地上。

六顺过去扶何九，被其中一个使了一个绊儿，扑倒在地上，抬起头时，嘴角流下一缕鲜血。他疯了，操起一张凳子砸进柜台里，只听见"哗啦"一声，酒柜的玻璃粉碎了，十几只酒瓶子也被砸得稀里哗啦，各种颜色的酒流了一地。那几个人便扑过去，六顺一跳，跳进了大木盆，抓起田螺猛撒猛砸，田螺掉在桌上、柜台上，发出"噼噼啪啪"的声音。

老板叫道："把他们揍出去！"

于是那帮人就一边叫着"乡下佬"，一边拳脚相加，将他们揍出了小酒店。何九与六顺挣扎起来，就又被打翻在地。何九用嘶哑的声音不停地叫着："我要我的田螺！"六顺终于又挣扎起来了，他吃力地将何九从地上拉起后，转眼瞥见了酒店外面那些矮桌，冲上前去，双手用力将它们一张一张掀翻了，炒熟了的田螺撒了一地。几个吃田螺的一边抹着酱油汤，一边叫着："我的田螺！我的田螺！"

老板一指六顺："去揍这小杂种！"

何九摇晃着过来护着六顺,被他们踹开了。这时吃田螺的人都站了出来,一脸正气,拦住了小酒店的人。

何九还在叫着:"我要我的田螺……"

吃田螺的人赶紧劝何九和六顺:"还不赶快走!"

老板叫道:"把他们的自行车扣下!"

吃田螺的人便"一"字排开挡住,又有几个人赶紧把何九和六顺的车推到马路上,拉了何九和六顺说:"快走,快走……"

何九和六顺得了掩护,推着车,钻进一条黑巷里,消失在夜色中。

他们默默地走了很久,才走出那条深巷,来到一条僻静的马路上。

此时正是深秋时节,凉飕飕的夜风使这两个衣衫单薄且又空肚饥肠的"乡下佬"禁不住直打寒噤。他们没有力气再蹬车往回返了,找了一个避风处坐了下来。

两辆破车立在暗淡的路灯下。在何九的车把上,那只几乎被何九和六顺忘了的黑鸽,用一对受惊的、棕色的眼睛,温柔地望着主人。何九忽然发现了它,想站起来,却没有能够站得起来,只是向黑鸽伸着手。还是六顺爬起来,把它抱住,送到了他手上。他把它放在怀里,用那双被泥水沤坏了的手,对它爱抚不止,嘴里却在不住地唠叨:"我要我的田螺……"

秋风正紧……

五

两年过去了。

两年里,田野上总有他们两人拾田螺。他们几乎将方圆十里地内的每一条水渠、每一块水田、每一口池塘都走到了。他们拾的田螺加在一块儿,可以堆成山了。

他们像两个远行人,踏着似乎迢迢无尽的路,各怀一种愿望,百折不挠地朝前走去。

六顺大了,何九老了。何九的背在这两年里日甚一日地弯曲下来,脚步显得有点蹒跚,眼神也苍老了许多。风雨和太阳,使他与六顺的皮肤都变成了黑色,尤其是他自己,浑身上下,黑如锅底。

他们却更加辛苦地去拾田螺——越是接近愿望实现的日子,就越是如此。

六顺的钱罐已快满了。宁静的深夜，他会突然醒来，把那钱罐放到胸前。久久沉默之后，不知道他想到了什么，泪珠从眼角滚落了下来。

这是一个六顺永志不忘、烙在了他一生记忆中的黄昏——

他突然发现背着半袋田螺走在他前头的何九不见了！他放下自己肩上的麻袋，飞快地跑上前去。黑鸽歪歪斜斜地在前面低空盘旋着。

何九气力不支，双腿一软，跌倒，滚翻到河堤下去了。那半袋田螺重重地压在他肋前。他用眼睛望着上方的天空，低声呻吟着。六顺跳下缺口，用了全身的力气，将麻袋拖开，将何九先拉了坐起来，继而，将他搀到堤上。

"不要紧的。"何九惨白着脸笑笑。

六顺把何九扶到路边一棵大树下，让他倚着树干坐下。一阵折腾之后，六顺也一点力气没有了，只好瘫坐在地上。

何九老了，疲倦了。他许久没有理发了，灰白的头发乱蓬蓬的，下巴颏瘦尖瘦尖的，两只胳膊无力地垂挂着，布衫从左肩头滑落下来，露出了尖尖的肩胛。

六顺说："九叔，明天就别拾田螺了。"

何九摇摇头。他望着六顺，眼中露出希望和快乐的亮光:"再拾一年,就够九叔买一条船啦。"

"还差多少钱?"

"六百块。"

"六百块?六百块就够了?"六顺两只眼闪闪发亮,跳起身来,冲着何九:"够啦!够买船啦!"他转身飞跑。路上,他摔了一个跟头,直摔得头昏眼花,爬起来接着跑。片刻工夫,他把那只钱罐抱到了大树下。

那是一个少有的秋日的黄昏。田野上皆是金黄的稻子,在金辉中散发着成熟的气息。清澈见底的秋水,安静如睡。大堤上,两行白杨,直伸到无限的苍茫之中。万物皆在一片祥和与宁静的气氛里。

六顺把钱罐里的钱,倒在何九的面前:"九叔,够买船啦!"

何九笑了:"怎么能要你小孩家的钱呢?"

"收下吧!"六顺说。

何九坚决地摇了摇头。

这时,六顺"扑通"一声跪在了地上,随即大哭起来。

何九摇着他的肩:"六顺,六顺,你怎么哭啦?"

六顺把头低下:"九叔……船……船是我弄丢的……"

何九一怔,说:"你别瞎说!"

六顺依然低着头:"那天晚上,一个人也没有,我解了铁索,到河心岛的芦苇丛里抓萤火虫,后来起风了,芦苇响得怕人,我就往水边跑,一看船没有了……我是把船拴在一棵小树上的。河心风大,船把小树拔了去了……天黑极了,我怎么也看不见船……刮的是北风,船准是往那片白水荡漂去了……我游过河,跑回了家……九叔,你没有偷船,你没有偷船!……"

何九的眼中一下汪满了泪水。

"九叔,把钱收下吧,收下吧!"六顺望着何九,然后把额头垂向地面。

何九扶住六顺道:"不准你瞎说!"

六顺摇着头:"不,不……"

何九望着六顺:"听九叔话。你还小,九叔已老啦!……"

两人久久地含泪相望,全不知夜色已笼上了田野……

六

几天后,一条大木船拴在村前的河边上,也是铁索拴的。

那条木船是用上好的桐油油的,金光灿灿,仿佛是条金船。船样子也漂亮,两头翘起,船舱深深。手工也好,不细看船头板,都看不出木板间的缝隙来,船帮上的锔子钉得很均匀,很扎实。木料也是上等的。真是条好船。

但,何九却不见了。有人说,他烧了房子(他本来也没有房子,只有一个草棚),肩上扛个铺盖卷走了,一只黑鸽立在铺盖卷上。那时天地还在朦胧的曙色中。

六顺没有哭,只是呆呆地坐着,望望那船,又望望那留下自己和何九斑斑足迹的田野。

在以后漫长的岁月中,六顺总是在默默地思念着他。

一九九〇年二月十八日于北京大学二十一楼一〇六室

名家点评

　　曹文轩是怀着一种使命感来创作儿童文学的，这也就可以理解，他敢于亮出自己的旗号：追求"纯美"的儿童文学创作理想；给予肯定性的价值追求，肯定美、肯定善。

　　曹文轩儿童文学写作的一条精神定律，是书写人性那种深挚的本性，那种更具有普遍性的情感、心理和精神价值，倾向于从孩子的性格内在中去找到其成长的动力，在孩子们相互的差异中，在他们内在的自我感受中，去一点点体验到成长的变化。

　　曹文轩的文学理念并不只限于儿童文学，也不应仅以"儿童文学作家"来定义他，他作品的美学特征十分鲜明，流动着古典浪漫主义情愫和唯美主义气韵。

北京大学教授、中文系主任、博士生导师，教育部长江学者　陈晓明

曹文轩对田园生活的价值有自己的思考和判断：面对现代社会人生活的现代化但情感却趋向简单和生硬这一存在，他深感"文学应承担起调节的职能，当田园生活将要逐步变成历史时，它应当用温馨的、恬静的笔调去描绘田园生活"；面对那些充满生硬的钢铁形象、光电形象而画面上绝无一点山水和田园的卡通片以及不能湿润心灵的时尚文字，小说更应当往培养读者的"优雅情趣和宁静性格方面多做一点文章"，"使它们不至于全部丢失从前的纯朴的伦理观念"。描写田园生活与流淌在田园山水间的温馨人生，成了曹文轩小说的一个重要特色。

北京师范大学教授、博士生导师，儿童文学研究专家　王泉根

曹文轩创作谈：

　　《小尾巴》讲述的故事多少来源于我幼年时的记忆，我的大妹妹也就是这个故事里的"珍珍"的原型。在我的印象中，她不知道因为爱跟着母亲挨过多少次打，甚至有一次因为她跟脚跟得甩不掉，气得母亲都哭了。但是屡教不改，百折不挠，依然是母亲出门她出门，母亲去哪儿她去哪儿。因此，长长的田边大路上，一个大大的身影后面，远远地尾随着一个小小的身影，这就好像一幅画镌刻在了我的脑海里。当我想把这个画面腾挪转换成文字时，童趣，成为我最想表达的一个主题。虽然童趣是儿童文学最基本的构成要素，但是在我看来，要达到这样的一个标准，却并非易事。事实上，我们看过太多成人矫揉造作的伪童趣。我想，真正的童趣除却需要孩童的本真以外，或许还应该多一点隽永，多一点深刻，而不仅仅是浮于表面的幼稚与简单。

短篇

小尾巴

一

珍珍是个奇怪的女孩。

珍珍早在妈妈肚子里蜷成一团的时候,就已是一个奇怪的女孩了:出生的日子都过去一个多月了,她还赖在妈妈的肚子里,说什么都不肯出来。又等了一个半月,直等到全家人的心揪得发紧,她才"哇"地一声,滑到了这个世界。

奶奶对妈妈说:"你等着吧,这个丫头,十有八九是个黏人的丫头。"

被奶奶言中了,珍珍从出生的那一天开始,就像一张膏药黏上了妈妈。无论是白天还是黑夜,一分钟都不能离开妈妈的怀抱,一旦离开,就哭得翻江倒海、天昏地暗。那哭声,世上罕见,着实让人受不了、挺不住——是往死里哭呀!就见她两眼紧闭,双腿乱蹬,哇哇大哭,有时哭声被噎住,那一口气好似一块石头从高山顶上滚向深不见底的深渊,直沉下去、直沉下去……最后声音竟归于一片死寂,让人觉得从此不能回转了,可就在人几乎要陷入绝望时,那哭声终于又回来了,先是小声,好似在遥远的地方,然后一路向高,最后大悲大哀、波澜壮阔。

在高潮处这样地哭了一阵,那哭声再度被噎住,直吓得奶奶一个劲地颠动她,不住地拍她的后背,嘴中连连呼唤:"宝宝!宝宝!……"

最后,大人几乎要累垮了,她也没有力气再哭了,或是在奶奶怀里,或是在摇晃着的摇篮里,抽抽噎噎地睡着了。以为她是睡着了,但,过不一会儿又再度哭泣起来,仿佛哭泣是她一辈子要做的事情,她必须得去完成。

妈妈不在时,珍珍的哭泣总是将全家人搞得提心吊胆、心烦意乱。奶奶急了,会在她的小屁股上轻轻地拍打几下:"哭!哭!哭不死呢!"

等妈妈终于回来了,还要有一次小小的高潮:她一个劲儿地钻在妈妈的怀里,不是抽泣,就是大哭,想想哭哭。妈妈紧紧抱住她,轻轻地晃动着,用手拍打着她的后背:"妈妈不是回来了吗?妈妈不是回来了吗?妈妈回来了呀!"妈妈把乳头塞到她嘴里,她一边抽泣着,一边吮吸着。可是刚吮吸了几口,把奶头吐了出来,又很委屈地哭起来,好像在向妈妈诉说:"你怎么能丢下我呢?"

珍珍会走路了。

但珍珍不像其他会走路的孩子,一旦会走路了,就觉得了不起,就兴奋得到处跑,让大人在后面不住地追撵,而总是抱着妈妈的腿,要么就牵着妈妈的衣角。即使被什么情景吸引住了,也是走几步就回头看一眼妈妈,生怕自己走远了就看不见妈妈,生怕妈妈在她走开时趁机走掉。

再大一些时,珍珍虽然不再总抱住妈妈的腿、牵着妈妈的衣角,但却总是跟在妈妈的身后,形影不离。妈妈去茅房,她跟着去茅房;妈妈去河边洗菜,她跟着去河边;妈妈下地干活,她跟着到地里……妈妈一走动,她就跟着走动。无论妈妈怎么哄她,吓唬她,甚至要揍她的屁股,都无法阻止珍珍的跟路。

珍珍是妈妈的小尾巴——甩也甩不掉的小尾巴。

二

田家湾是个穷地方。

当年,妈妈要嫁到田家湾时,外公外婆很不乐意。但妈妈坚持要嫁到田家湾。外公外婆拗不过妈妈,只好随妈妈,但外婆却把话说在了前头:"吃苦、受罪,日后可怪不得别人。"

田家湾虽然穷,但田家湾是个漂亮的地方。到处是水,到处是树木,有船,有桥,有鱼鹰,天空的鸟都比别的地方多,比别的地方美丽,叫得也好听。

妈妈在田家湾过得很开心。

回外公外婆家时,外公外婆总会在与妈妈说到田家湾的情景时,禁不住叹一口气。外婆还会说到妈妈出嫁前同村的那些"如今日子都过得很好"的姐妹们:"前些天,玲子从苏州回来了,是和她男人开车回来的。玲子有福气,嫁了一个好地方,嫁了一个好男人。秀秀去南方了,听说是在一个鞋厂里做工,她男人做茶叶生意,很有本事,在那边买了大房子,说要接她娘老子过去住呢。还有芳芹……"

每逢这时,妈妈总是笑笑,起身道:"天不早了,我该回田家湾了。"

路上,妈妈总是想着这些姐妹们的昨天与今天,想着想着,妈妈感到有片浓厚的云,从心里沉沉地飘过。当她终于走回田家湾,看到田家湾的河流、树木时,心头才是清爽爽的淡蓝天空。

爸爸去遥远的南方打工去了。

妈妈在家种庄稼。妈妈对爸爸说,她要种出这世界上最好的庄稼。

可是,妈妈现在却被珍珍死死地缠住了。珍珍是缠在妈妈身上的藤蔓。妈妈走到哪儿,珍珍就跟到哪儿,轰不走,撵不走,哄不走,打不走。妈妈总不能很快地下地干活——珍珍在她身后跟着呢!妈妈快走,她就快走;妈妈慢走,她就慢走;妈妈停住脚步,她也停住脚步;妈妈回过头来撵她回家,她就赶紧掉头往回跑,可等到妈妈再往前走时,她又掉转头跟上了。

妈妈当然可以猛跑,那样,她是可以把小尾巴甩掉的,可是她又担心珍珍被甩掉后掉到河里。这地方到处是河,横七竖八的河，大大小小的河。还有，珍珍见不到她了，就会哭，哭得背过气去。

妈妈伤透了脑筋。

奶奶，还有姑姑们，本来都可以帮助妈妈带珍珍，可珍珍只愿意跟着妈妈一个人，妈妈才是她要缠的树。妈妈若是在家中，珍珍能看到妈妈的身影，倒还可以跟着奶奶和姑姑们，可是，妈妈只要一出门，就谁也留不住她了，仿佛妈妈这一出门就永远也回不来了似的。

那就带上吧，带上就是麻烦，她一会儿说饿了，一会儿说渴了，一会儿说身上痒痒，一会儿说要屙巴巴，一会儿又耷拉下脑袋要睡觉了，弄得妈妈总不能聚精会神地干活，动不动就要停下手中的活来对付她。

有只蜻蜓飞来，落在来了草叶上。

"妈妈，"珍珍跑到妈妈身边，"那边，有只蜻蜓。"

"知道了。"妈妈正在埋头锄草。

"我要。"珍珍指了指那边。

"自己捉。"

"我捉不住。"

"那就拉倒。"

珍珍掉头向那边看了看,又看了看妈妈,见妈妈只顾埋头干活,根本不理她,只好自己走向那边。

一只很漂亮的蜻蜓,深红色的,像玻璃做的,正安静地停在草叶上。

珍珍蹑手蹑脚地走上前去,同时伸出手,大拇指和食指捏成像要一口啄下去的鸡嘴巴。

距离蜻蜓还只有一根筷子长的距离了,珍珍的心"扑通扑通"地跳,跳得能让她听得清清楚楚。她慢慢地掉头看了一眼妈妈:妈妈头也不抬地在干活。她又把头慢慢转回来,面对着蜻蜓。

"鸡嘴巴"一寸一寸地伸向蜻蜓。

眼见着就要捏住蜻蜓尾巴了,它却轻盈地飞了起来。

珍珍仰望着它。

它在空中像一片柳叶飞舞着,忽高忽低,忽近忽远,却总在珍珍的眼前。

不一会儿,它又落在了草叶上,并且就是刚才它落下的那片草叶。

珍珍又掉头去看妈妈:妈妈根本不抬头。

只有这样,妈妈才能种出这世界上最好的庄稼。

珍珍再一次将手指捏成鸡嘴状，开始了新一轮捕捉。

蜻蜓还是在"鸡嘴巴"离它的尾巴只剩一根筷子长的距离时飞上了天。

接下来，这样的情况重复了四五次。蜻蜓很淘气，一直没有飞远。珍珍看到，飞在天上的蜻蜓好像有两次歪了一下脑袋在看她。那样子仿佛在对珍珍说："小姑娘，你是捉不到我的。"

当蜻蜓再一次落在草叶上时，珍珍没有再去捉，而是跑到了妈妈的身边。她揪住妈妈的衣服："妈妈，给我捉蜻蜓。"妈妈不理她，她就不停地说——说的时候，不时地向蜻蜓歇脚的那边看一眼。

"你烦死人了！"妈妈生气地扔下锄头，拉着她的手，"在哪儿？"

"那儿！"

珍珍指引着妈妈向蜻蜓走去。

可是，这一回，蜻蜓却早早起飞了，并且头也不回地飞过庄稼地，飞过芦苇丛，往大河那边飞去了。

珍珍还死死地抓住妈妈的手。她想，蜻蜓还会回来的。

妈妈惦记着那一地的活呢，扒开她的小手，转身干活去了。

珍珍连忙追了上去:"我要蜻蜓嘛!我要蜻蜓嘛……"

妈妈理也不理。

珍珍停住了:她看到池塘里有一只深绿色的青蛙蹲在一小片淡绿色的荷叶上。那情景很生动,这才暂且放过妈妈。

田野上的珍珍,就这样纠缠着妈妈,打扰着妈妈,让一心一意想干活,想种出这世界上最好的庄稼的妈妈分心、分神、分力。妈妈很烦恼,妈妈很无奈。妈妈心里说:"我怎么生了这么一个怪孩子呢?"

最让妈妈烦恼的是:珍珍在田野上,玩着玩着就睡着了。妈妈不得不停下手里的活来照料她。若是太阳光强烈,天热,妈妈得抱着她找块荫凉的地方让她躺下。若是风大,天凉,妈妈就得找块可以避风的地方让她躺下,还要将自己身上的外衣脱下,给她做褥子,做被子。珍珍一旦睡着,就像死过去一样,软手软脚,怎么折腾她,也不能使她醒来。妈妈说,这时把她扔到大河里,她也不会醒来。那么,妈妈就趁珍珍熟睡时专心致志地干活吧,可是妈妈的心里总是担心着:她会不会着凉呀?会不会有蛇钻到她的衣服里呀?会不会被蚂蚁咬呀……珍珍香喷喷地睡着,妈妈却始终心神不宁。

若只是这样，也就罢了，可她总是因为睡着了给妈妈带来更大麻烦、更大烦恼：

她坐在田埂上看水渠里几条小鱼在游，看着看着，瞌睡虫侵袭她来了，她身子开始摇晃、摇晃……忽然，一头栽倒在水渠里。随着"扑通"一声水响，传来珍珍惊恐的哭声。妈妈一惊，扔下工具就往水渠跑。妈妈把珍珍从水渠里捞了上来，然后紧紧地抱在怀里，不住地说着："珍珍别怕呀！珍珍别怕呀……"妈妈撩起清水给珍珍洗去脸上、手上的烂泥后，只好暂且丢下地里的活，抱着她往家走：全身衣服都湿了，得赶紧换下。

路上，妈妈不时地回头看一眼庄稼地：一地的活儿呢！

妈妈不禁狠狠地抱紧珍珍：我的小祖宗啊！

有一回，珍珍因睡在大树下着了凉，发了两天高烧，害得妈妈不得不整日整夜地守着她，而那时，平整好的水田，正等着妈妈插秧呢！

妈妈日夜惦记着的就是这世界上最好的庄稼。妈妈用手指戳着珍珍的鼻子："妈妈真的不想要你了！"

可，珍珍死死地揪住了妈妈的衣角……

三

地里的活不忙时,比如麦子、稻子成熟之前,比如万物沉睡的冬季,妈妈还会到离家不远的地方去打工。妈妈对爸爸说,多少年后,她想在田家湾盖一座最好的房子,她想时不时地将外公外婆接过来住些日子。

但珍珍怎么可能让妈妈痛痛快快地出去打工呢?下地干活带上也就带上了,外出打工时总不能还也带上吧?

眼见着珍珍一天一天地长大,却不见她有能离开妈妈的意思,丝毫也没有。

村里的孩子们,总是不肯受父母的管束,四处游荡,看到珍珍却总是跟在妈妈身后,就会停止玩耍,有节奏地叫喊着:

珍珍是条跟路狗,
妈妈走,她也走,
妈妈回头,她回头,
嗷!嗷!
狗狗狗,狗狗狗,

刮个鼻子，羞羞羞，

羞！羞！

羞羞羞！

珍珍扯了扯妈妈的衣角。

妈妈扭头看着她。

珍珍指了指又蹦又跳的孩子们："妈妈，他们羞我！"

妈妈说："知道羞呀？知道羞就别跟着我呀！"

珍珍松开了妈妈的衣角，站在那里，一副困惑的样子。

妈妈往前走去了。

珍珍扭头一看妈妈已经走出去很远，立即追赶了上去。

妈妈只能长长地叹息一声。

现在，妈妈有了一个很好的打工机会。距离田家湾七八里地的油麻地中学要利用暑期学生不在校的时间，翻修四十间校舍，工程队需要几十个杂工，而揽下杂活的是田家湾的乔三。妈妈肯吃苦，干活不惜力，田家湾尽人皆知。妈妈对乔三一说，乔三立即答应。只一件事让乔三有点担心："你走得开吗？你们家珍珍怎么办？"妈妈想了想说："会有办法的。"乔三说："那好吧。能挣不少钱呢！"

出发的头天晚上,妈妈和奶奶小声商量怎样才能躲过珍珍的眼睛,悄悄离开田家湾,奶奶说:"躲好躲,躲过了,她会号呀!"

妈妈说:"号就号吧,号也号不死!"

奶奶摇了摇头:"我就怕她号呢!她号得你心发慌。那可怜劲儿,让人吃不消。"

"狠狠心。"

"我就怕狠不下心。"

"这份活是份好活。"妈妈说,"我舍不得丢了。"

奶奶说:"那你就去吧,我哄她。她也该离得开你了,总不能到该找婆家了,还傍着你吧?"

妈妈笑了起来:"世上少有。"

妈妈在珍珍面前装成若无其事的样子。可是她发现珍珍的眼睛深处闪动着疑惑。妈妈已试验过许多次了:只要她一有出门的心思,珍珍马上就会感觉到,结果是,几乎没有一次能够顺利摆脱掉她的。

上床睡觉之前,珍珍一直紧紧地跟在妈妈的身后,仿佛妈妈马上就要出门似的。

上床睡下之后,珍珍一直搂着妈妈的脖子,迟迟没有入睡。夜里,还惊醒了几回。醒来时,更紧地搂着妈妈的脖子,要过很长时间,双手才慢慢地松开。

天刚亮,妈妈开始小心翼翼地将压在珍珍脖子底下的胳膊抽出,小心翼翼地下了床。妈妈要趁珍珍还在熟睡的时候上路,去油麻地。

奶奶起得更早。今天,她要和妈妈密切配合,保证妈妈能够顺利上路。奶奶已做好一切准备,最糟糕的情形也都想到了。

妈妈很快完成了上路之前的一切事情,蹑手蹑脚地走到卧室门口,探头往床上看了看,见珍珍一动不动地睡着,对奶奶一笑,蹑手蹑脚地离开了。

妈妈立即上路。她回头看了一眼,见路上空无一人,心情从未有过的轻松——在此之前,她只要走在路上,后面必定有个小尾巴跟着。

可是,刚走了一里地,她就听到了珍珍的哭喊声,回头一看,只见珍珍只穿一件小裤衩,光着上身向她跑了过来。

妈妈决心不理珍珍,大步流星地往前走,但坚持没有多久,还是禁不住掉转身去,朝珍珍大步走来。

这回,妈妈真的生气了,很生气。

珍珍一见妈妈向她走来，扭头就往回跑。

妈妈不但没有站住，还向珍珍大步追来。

妈妈与珍珍之间的距离在不住地缩短。

珍珍听见了妈妈"吃通吃通"的脚步声，撒丫子往回跑着。

妈妈还是没有罢休。妈妈有着强烈的想狠狠揍一顿珍珍的欲望。

眼见着妈妈马上就要一把抓住珍珍，珍珍被一块凸起的土块绊了一下，摔倒了，未等妈妈反应过来，她就骨碌骨碌地滚到了河里。

妈妈大吃一惊，刚要准备下河去捞珍珍，只见珍珍已经从水里冒出，双手死死抓住了一丛芦苇。妈妈熟知这里的河滩较为平缓，断定她能自个儿爬上岸来，狠了狠心，丢下她，掉转头走她的路去了。

爬上岸的珍珍，并未因妈妈如此决绝的态度而放弃跟路，依然不屈不挠地向妈妈追去。

妈妈坚持着，绝不回头看她。

走了一阵，路过一片林子，妈妈禁不住从一棵大树的背后回头去看了一眼：珍珍像一只水淋淋、亮闪闪的兔子。

那一刻，妈妈的心软了。

奶奶抓着珍珍的衣服追赶了过来。

妈妈朝珍珍走来。

珍珍没有掉头逃跑，而是站在那儿，望着走过来的妈妈哭泣着。

奶奶已经跑到了珍珍身边，一边给她换去湿漉漉的小裤衩，一边心疼地说："你这个死丫头呀！"她看了一眼妈妈，"我就去喂猪食这一会儿工夫，她下床跑了出来。也不知道，她怎么能跑这么快！也怪了，她怎么就知道你往北走呢？怎么就不往南追你呢？"

妈妈给珍珍撩了撩沾在额头上的头发，对她说："跟奶奶回去吧。"

珍珍摇了摇头。

奶奶拉了拉珍珍。

珍珍扭动着身子。

妈妈估计到今天难以让珍珍妥协，叹息了一声，对奶奶说："要么，我今天还是带上她吧。"

奶奶对珍珍说："妈妈要干活，你不能碍手碍脚的。"

珍珍乖巧地点了点头。

奶奶轻轻拍了拍珍珍的后脑勺:"我这辈子,就没有见过这种孩子!"

珍珍高高兴兴地跟在妈妈身后,一口气走了八里地,没吭一声。

"谁让你跟着的呢!"妈妈在心里说。

一天下来,快收工时,工程队的头问:"那个小女孩是谁家的?"

妈妈说:"是我的孩子。"

工程队的头说:"这工地上,是不能有孩子的。"

"我们家珍珍很听话的。"

"听话也不行,不耽误活是不可能的。"他对筋疲力尽的妈妈说,"今天,你陪她上了三趟厕所;她在那边树下睡着了,你至少跑过去看了她两回。还不包括你给她喝水、挠痒痒、脱衣服。我大概没有说错吧?还有,你看看,这工地上有推土机、搅拌机,到处都是危险,绝不是孩子能来的地方。"工程队的头儿看了一眼珍珍,"这小丫头,长得倒是很体面。"

第二天,妈妈没有再到油麻地中学的工地上打工。再说,路也稍微远了点儿……

四

秋天，稻子成熟了，铺天盖地的金黄，天空很干净，阳光也是金色的，天上地上，金色与金色辉映，整个世界都金光闪闪的。

珍珍家的庄稼是不是这个世界上最好的，难说，但一定是田家湾长得最好的，沉甸甸的稻穗，狗尾巴一般藏在稻叶里，一副不显山露水的样子。走过珍珍家稻田的人，看到这片稻子，都会禁不住停下脚步观看一番，然后在嘴里或是在心里说一句："这稻子长得——好！"

在远方打工的爸爸，每个月都会将一笔钱寄回家中。

在妈妈的心中，早有了一座房子——田家湾最漂亮的房子。

妈妈虽然黑了，瘦了，但妈妈总是唱着歌，声音不大，仿佛只是唱给小尾巴听的。

小尾巴听不懂，常问："妈妈，你唱的是什么呀？"

妈妈忙，没空搭理她，只是敷衍她一句："你长大了，就懂了。"

开镰收割，稻子捆成捆运回打谷场，脱粒，晒干，拿出一部分运到粮食加工厂去,将稻子变成银光闪闪的大米。

第一袋大米,送给了外婆家。

新米,很香。一碗新米粥,在村东头端着,香味能飘到村西头。

外婆很高兴,端着新米粥,在村里到处走。人们嗅着鼻子,最后把目光落在外婆手中的碗上。外婆笑了:"新米粥,是闺女家长的稻子,第一袋新米先送给我们老两口了。听闺女说,她家今年的收成好得很。"外婆的眼睛眯成缝,脸上放着光。

妈妈留下足够的稻子之后,决定把剩余的稻子统统卖给粮食收购站。

粮食收购站在油麻地。

这一回,妈妈顺利地摆脱了珍珍。这一天,妈妈起得更早——天还黑着,妈妈就悄悄起床了。妈妈走的是水路。她撑了一只船,装了自家的稻子,从河上往油麻地去了。

卖粮食很麻烦,船上船下,跑来跑去的。遇到人多,要排队,还不知排到啥时候。说什么,也不能带上珍珍。

真的被妈妈估计到了:粮食收购站的码头上,停了无数只大大小小卖粮的船,上百号人在排队。看着长不见尾的队伍，妈妈想掉转头回去，可是转念一想，今天好不容易甩掉了珍珍，就坚持了下去。

卖完粮食拿到钱，已是下午四点多钟。

妈妈将钱数了又数，满脸的喜悦。她决定到镇上商店给珍珍和奶奶买件衣服。就在她准备往镇上商店走时，姑姑匆匆赶来了，一脸惊慌，满额头汗珠滴答滴答往下流，上气不接下气地问妈妈："珍……珍珍……来……来了吗？"

妈妈一惊："没有呀！"

姑姑说："她……她人不知跑……跑到哪儿去了！"

"啥时候的事？"

"吃……吃完中午饭，她一上午，都……都在哭，一直哭……哭到中午，才总算不……不哭。奶奶以为，她……她总算过……过去了，就……就没有紧……紧看着她。一转眼的工夫，她……她人就不见了……"。

"找了吗？"

"到处都找了。连她外婆那边都……都去过了……"姑姑快要哭起来了。

妈妈急了，竟毫无道理、没头没脑地在粮站周围找了起来。

早懵了头的姑姑就跟着她。

妈妈又要往镇上跑,姑姑脑袋稍微清醒了一些:"嫂,看样子,她没有跑到油麻地。"

"没有准。"妈妈说,"我不管去哪儿,她好像都能知道。"

在油麻地镇上,妈妈和姑姑逢人就问:"见过一个小姑娘吗?六岁,大眼睛,双眼皮,长睫毛,缺了一颗牙……"她们还比画着珍珍的身高、脸型。

被问的人都摇摇头。

眼见着太阳一点一点地落下去,姑姑说:"我们还是赶紧回田家湾吧。说不定,那边已经找到她了呢?"

妈妈和姑姑轮流撑船,以最快的速度回到了田家湾。

船还没有靠岸,就有许多人站在了岸上。见船上只有妈妈和姑姑两人,一个个神情沉重起来。

"找到珍珍了吗?"妈妈的声音有点颤抖。

岸上的人都摇摇头。

船一靠岸,妈妈就跳上了岸,发疯似地往家跑。一路上,她不住地呼唤着:"珍珍!珍珍!……"

奶奶因为奔跑,加上极度的恐慌,已经瘫坐在院门口的地上。

很多人宽慰奶奶和妈妈,说不要着急,总能找到的。但人们在说这些宽慰的话时,显得很没有底气。他们已经四面八方地找过了,把估计珍珍可能会去的地方都找过了。这一带,到处是河流,每年都会有不少孩子落水身亡。谈论孩子落水而亡的事,几乎成了家常便饭。珍珍不会游泳。人们的眼前总是平静而诡谲无情的河流。如果珍珍是往粮站方向去的,那么——有人在心里计算了一下,一共要走十一座大大小小的桥,其中还有一座独木桥,万一,掉下桥去呢?

天说晚就晚了。天一晚,人们的心情更加沉重、愁惨起来。

出去寻找的队伍一拨一拨地回来了,没有一拨带回好消息。

妈妈一直在哭泣,到了这会儿,声音已经嘶哑,渐渐变弱。好几个妇女一直抓住她的胳膊,尽说些安慰的话。

"也许,她走远了点,被别人家暂且收留了。"

这句话,也许是对妈妈最好的安慰了。

夜渐渐深了,人们一一散去,珍珍家,就剩下了珍珍一家人和一些亲戚。所有的人都没有吃饭,甚至没有喝一口水,天又凉了起来,一个个都累了,蜷着身子,东倒西歪、很不踏实地睡着了。

到了后半夜,歪倒在椅子上的妈妈忽地醒来了。她愣了一会儿,走出了家门,不一会儿就消失在了茫茫的黑夜里。

她沿着去往油麻地的路,深一脚浅一脚地走着,一边走,一边小声地呼唤着:"珍珍!珍珍!……"

其实,这条路,已经至少有三拨人找过了。

不知为什么,妈妈还是在心里认定:珍珍是往油麻镇上去了,也许走在半路上迷了路。

离油麻地镇三里路,有一大片黑苍苍的芦苇,去油麻地镇的路,正是从这片芦苇中间穿过的。

一牙清瘦的月亮挂在西边的天空,清凉的夜风吹得芦苇沙沙作响。妈妈有点儿害怕,但妈妈没有犹豫,还是继续往前走着,呼唤着。

走到一半路时,妈妈隐隐约约地听到芦苇丛深处好像有个小孩在哭。声音很细弱,好像是一种在梦里发出的哭声。妈妈的左手,一下子捂在了心脏怦怦乱跳的胸前。她侧身静静地听着——

哭声却没有了。

妈妈朝着哭声传来的地方,提高声音叫着:"珍——珍——!"

歇在芦苇丛里的小鸟,受了这声音的惊吓,扑棱棱地飞上了夜空。

"妈妈……"

声音很小,但很清晰。

"珍珍!珍珍!……"妈妈用了很长的时间,才止住了身体的颤抖,然后一头扑进芦苇丛,发疯似地向那个声音冲去,芦苇哗啦哗啦地响着。

"妈妈……"

是珍珍的哭声,真真切切。

"珍珍——"妈妈的声音十分嘶哑,但却很大。

当妈妈在朦胧的月光下见到泪光闪闪的珍珍时,"扑通"在珍珍面前跪下了,双手将珍珍紧紧地搂抱在怀里。

抱着珍珍往田家湾走时,妈妈问:"你怎么走到芦苇丛里去了呀?"

珍珍已说不清楚了。当时,她看到有一条斜路闪进了芦苇丛,犹豫了一会儿,便走到了这条斜路上。越走越深。她害怕了,想往回走,可是再一看,那条路不知在什么时候消失了。她在芦苇丛里迷路了。不知是从什么时候开始的,她又走到了离主路不远的地方,而就在这时,她听到了妈妈的呼唤声。

　　一路上,妈妈抱着显得有点儿呆头呆脑的珍珍,哭哭笑笑,不时地用被泪水打湿的面颊用力地去贴珍珍凉凉的脸庞……

五

　　经过这件事,珍珍忽然有了自己的世界。

　　妈妈再出门时,她就不再不屈不挠地跟在妈妈身后了。看到妈妈上路,她会依然用眼睛盯着。妈妈走了,她会显出犹豫不决的样子。一旦跟了上去,只要奶奶在后面喊一声:"珍珍!"她就会慢慢停住脚步。奶奶说:"珍珍回来吧!妈妈要做事情呢!回来吧!回来跟奶奶呆一块儿。"珍珍看着妈妈——妈妈回头了,向她做出一个让她回去的动作或表情,珍珍就会走几步看一眼妈妈地走向奶奶。

　　妈妈渐渐走远,直至消失。

　　珍珍不一会儿就将妈妈忘了——不是完全地忘了,会玩着玩着，突然想起妈妈，于是朝妈妈走去的路上张望一会儿。但过不多久，她又会投入她的玩耍。

她竟然开始喜欢独自一人往田野上跑。

田家湾的田野有树、有花、有草，还有很多种昆虫和小动物。所有这一切，珍珍好像都很喜欢。珍珍也不管它们喜欢不喜欢听她说话、能不能听得懂她的话，总是不住地跟它们说话，一说就是很久。见一只青蛙，她会说；见一株向日葵，她会说……究竟说了些什么，大人听不懂，大人们也没有心思要去搞懂。

大人们在地里干活，她就在田野上独自玩耍，十分专注，并总是兴致勃勃，有时还会在开满野花的草地上又蹦又跳。

她能远远地离开妈妈的视线。

看着在远处疯跑、旁若无人的珍珍，妈妈会深深地叹一口气："孩子说大就大了。"

四月，玲子从苏州城里回来了，而在南方打工的秀秀也恰巧回来了。两个人碰了面，一说话，就产生了一个共同的愿望：将从小一起玩到大，而如今都嫁了人的好姐妹们都叫回来，大伙儿聚一回吧！

除了玲子和秀秀生活在远处,其他的五六个好姐妹,家都不远,或者县城,或者油麻地镇上。

妈妈得到玲子和秀秀托人捎来的信时,正在庄稼地里施肥,心里好大的喜悦。

妈妈立即想象着见面的情景,想着想着,心里有点儿发虚了。她看了一眼庄稼地:她家的麦子长势旺盛,明显地要高出周围人家的麦子两寸。

妈妈叹息了一声:"也不能把这片麦地带给人家看。怎么带呀?这是一块地。"妈妈觉得自己能产生这个念头很好笑,于是,就独自笑了起来。

"再说,人家也不一定稀罕看呢!"妈妈在田埂上坐下了,心里很泄气。

妈妈踌躇着,都有点儿不想去了。

远处,珍珍正沿着水渠追一条不住地往前游动的小蛇。一边追,一边不时地发出惊恐的叫声。

妈妈看着她,看着看着,笑着站了起来:我带珍珍回去!

妈妈生了一个漂亮的女儿,这谁都知道。在妈妈眼里,珍珍是这个世界上最漂亮的女孩:白嫩白嫩的脸,乌黑乌黑的头发，又大又亮的眼睛，笑起来却又眯成一道黑线，鼻梁高高的，小嘴四周整天荡漾着甜杏一般的笑容。无论是笑，是哭，还是说话，硬是让人疼爱。

有时，妈妈抱着珍珍，会做出要在珍珍脸上狠狠咬上一口的样子，弄得珍珍"咯咯咯"地笑。

妈妈不干活了，对珍珍喊道："珍珍，再玩一会儿就回家了！"

珍珍答应了一声。

妈妈去了油麻地镇，给珍珍买了新衣、新裤、新鞋新袜，还买了一个漂亮的发卡。

妈妈要把珍珍打扮成一朵花，一朵鲜艳的花。

珍珍本来就是一朵花。

妈妈将新衣、新裤、新鞋、新袜给珍珍都穿上，再将发卡往她那头乌黑的头发上一别，整个世界变得亮亮堂堂。

"妈妈，要过年了吗？"珍珍问。

"胡说呢，离过年还远呢。"

珍珍不懂了："那干吗穿新衣呢？"

妈妈说："后天早上，妈妈要带你去外婆家。"

珍珍还是不太懂：去外婆家，为什么要穿新衣、新裤、新鞋、新袜呢?

妈妈怕珍珍把衣服弄脏,赶紧给她脱了下来,叠好,放在衣柜里。

可是,等到要去外婆家时,珍珍却说,她不想跟妈妈去外婆家了。问她为什么,她说:"昨天,我跟一只野兔说好了的,今天要给它送菜去。"她指了指地上的一只用柳条编成的篮子:那里面是十几棵青菜。

一旁的奶奶听明白了:"这死丫头,一大早就拿了篮子到菜园里去拔菜,原来是送给兔子吃的。"

妈妈说:"从外婆家回来再送吧?"

珍珍摇了摇头,向妈妈描述着这只兔子:"是只老兔子,都跑不动了……我昨天跟它说好了今天给它送菜的。"

奶奶说:"尽胡说呢!兔子哪会跟你说好了?早不知道跑哪儿去了!"

珍珍急得满脸通红:"就是说好了的!"

这几天,她总能和一只灰黄色的、衰老得不成样子的老野兔见面。那野兔一点儿也不害怕她,只要她出现在田野上,就会不知道从什么地方钻出来,吃力地蹦跳着来到她脚下。

妈妈只好说："那你现在就去吧，妈妈在家等你。"

珍珍同意了。

妈妈在家等着，左等右等，眼见着要到中午了，也不见珍珍回来，只好拿了新衣、新裤、新鞋、新袜、发卡，到田野上呼唤珍珍。

珍珍从草丛里站了起来。

妈妈说："珍珍，我们该走了！"

可珍珍向妈妈坚决地摇了摇手。

妈妈只好走向珍珍。

珍珍一脸的担忧：不知为什么，直到现在，那只野兔也没出现。

妈妈对珍珍说："你把青菜放在田埂上就行了。说不定，过一会儿，它就来吃了。"

珍珍摇了摇头："我们说好了的。"

珍珍一直在想着昨天那个情景：当时，她正和那只野兔在谈话，一只个头特别大的黄鼠狼从一座土坟那边出现了，野兔一见，立即钻进了草丛里。

这一情景总在珍珍眼前晃动。

无论妈妈怎么劝说她，她就是不肯离开这儿。

妈妈生气了。

生气了也没有用。珍珍十分执拗地坚持着。闹到最后，妈妈愤怒地在珍珍的屁股上打了一巴掌。

珍珍哭了起来："我跟它说好了送青菜的……"

奶奶赶来了，劝走了妈妈："由她去吧。"

妈妈说："以为多大个事呢！就为了一只兔子！"妈妈看了看天上的太阳，把珍珍的新衣、新裤、新鞋、新袜、发卡统统交给奶奶，情绪一下子变得十分低沉，"我该走了。"

四月，温暖的阳光照着到处绿油油的大地，妈妈一个人，只带着她的影子走向外婆家，觉得天很大，地很大，河很大，树很大，心空空的，一路上只有寂寞跟着……

初稿于二〇一二年十月十日，改定于二〇一三年一月二十一日

名家点评

曹文轩长期致力于儿童文学的创作与研究,对儿童文学题材有着独到的探析与见解。《小尾巴》即是一篇反映儿童与父母互相依存关系的作品。在这篇小说中,曹文轩不仅对儿童珍珍在幼年时期的成长路程做了精彩的描绘,更重要的是引出了儿童与父母之间深厚的依存关系。通常情况下,儿童对父母的依赖是显而易见的。珍珍即是这种强依赖性的一个典型人物,她从小对父母的依赖可以说达到了"登峰造极"的地步,她寸步不离的依附将妈妈裹得有点喘不过气来,甚至成了妈妈正常工作的一个"阻碍","小尾巴"是对她强依附性的形象概括。与孩子正面的、毫不掩饰的依赖相比,父母对孩子的"依赖"常常被忽略和遮蔽了,尤其是在外显的层面上,只在某些"不经意"间才会显现。小说中,妈妈为了去工作几次试图"摆脱"这个小尾巴,但均以失败告终。就在她有一次终于成功了的时候,却险些将珍珍弄丢了。在慌不择路的寻找中,妈妈对珍珍的依赖和爱浮出地表。失而复得的喜悦唤醒了妈妈心中含蓄深藏的情感,然而珍珍的独立意识却被这次迷路事件唤醒了,她的成长和独立留给妈妈满腹的惆怅和失落。这篇小说从儿童的成长视角来审视两代人的情感依存关系,表面看来,儿童的依附更强,但实际上,父母对孩子的依附也丝毫不弱,只是以不同的形式展现而已。

《中国当代文学评论》编辑,文学博士,青年文学评论家　崔庆蕾

我们把可爱、乖巧、聪明、勇敢、认真等美好的印象一点点输入父母的心田，也用任性、狡黠、顽劣、叛逆等带刺的青春一点点扎伤他们的情感，但他们从来不会放下你，丢弃你。他们依旧会为你骄傲，为你喜悦，为你流泪，为你担忧，为你谋划，为你操劳。一点一滴，都已渗透到血肉里，渗透到岁月的深处。随着岁月的流逝，随着我们的成长，我们身上好的、坏的、善的、恶的、美的、丑的，正反是非的信息注入了父母的心灵。在父母心里，满满的都是我们。但是，突然有一天，当我们展开翅膀远走高飞的时候，一下子，我们从父母那里抽出了所有，干脆而决然。他们还有什么呢，除了空空荡荡，还是空空荡荡。那时，我们再也不是小尾巴，而是高飞的鸟儿，心系远方，有自己的理想和天地；那时，父母只有拖着被我们抽空的身心，在我们的身后，远远地注视我们的背影，远远等待我们的回声。

珍珍是我们所有人，小尾巴是一个普遍的隐喻。孩子之于父母，那种永远不对等的情感付出，是作家的发现。他通过珍珍的故事告诉小朋友，更告诉有孩子也有父母的中年人，在对孩子全心付出的时候，对待曾经为我们付出过的父母，不要那么自私，而是多想一想他们，在一点点抽空他们的同时，也要想着用什么去填充他们孤寂的心灵。

当代诗人，作家，文学评论家　辛泊平

曹文轩创作谈：

我对文学的理解始终不是主流的，也不是流行的。

我的处境，我的忽喜忽悲、忽上忽下、忽明忽暗的心绪，常常会使我无端地想起儿时在田野上独自玩耍的情形——

空旷的天空下，一片同样空旷的田野上，我漫无目的地走着，穿过几块稻田，穿过一片林子，走过一汪水平如镜的池塘，走过一座细窄摇晃的木桥……

就这么走着走着，忽然看到芦苇叶上有一只鸣叫的"纺纱娘"，我先是一阵出神的凝望，然后将右手的三根手指捏成鸟喙状，弯腰缩脖，双眼圆瞪，蹑手蹑脚地走过去，但就在微微张开的"鸟喙"马上就要啄住它时，它却振翅飞走了。于是我只好用目光去捕捉，捕捉它在阳光下飞过时精灵样的身影——一小片透明的绿闪动着，在空中悠悠地滑过，终于飘飘然落在大河那边的芦苇叶上。我望见先前那片单薄的芦苇叶空空地颤悠了几下，不由得一阵失望，但随着"纺纱娘"的叫声怯生生地响起，我的心思又在不知不觉中游走开了……

然而，过不多久，我又会被田野吸引着而重新回到田野上，继续重复那个过程、那些游戏……

这些年来，总有这少年时田野上的感受：兴奋着、愉悦着、狂喜着，最终却陷入走不出的寂寥、孤独，甚至是恐慌。

中篇

甜橙树

男孩弯桥,一早上出来打猪草,将近中午时,觉得实在太累了,就拖着一大网兜草,来到油麻地最大的一棵甜橙树下,仰头望了望一树的甜橙,咽了一口唾沫,就躺在了甜橙树下。本来是想歇一会儿再回家的,不想头一着地,眼前的橙子就在空中变得虚虚飘飘,不一会儿就睡着了,一睡着就沉沉的,仿佛永远也醒不来了。

那只草绳结的大网兜,结结实实地塞满了草,像一只硕大的绿球,沉重地停在甜橙树旁,守候着他。

秋天的太阳雪一般明亮,但并不强烈地照着安静的田野。

田埂上,走着四个孩子:六谷、浮子、三瓢和红扇。今天不上学，他们打算今天一整天就在田野上晃悠，或抓鱼，或逮已由绿色变成棕色的蚂蚱，或到稻地里逮最后一批欲飞又不能飞的小秧鸡，或干脆就摊开双臂、叉开双腿，在田埂上躺下晒太阳——再过些日子，太阳就会慢慢地远去了。

  他们先是看到弯桥的那只装满草的大网兜，紧接着就看到了躺在甜橙树下的弯桥。四个人都有一种说不出的兴奋，沿着田埂，向甜橙树一路跑来。快到甜橙树时，就一个一个地变成了猫，向弯桥轻轻地靠拢，已经变黄的草在他们的脚下慢慢地倒伏着。走在前头的，有时停住，扭头与后面的对一对眼神，动作就变得更轻了。那番机警的动作，不免有点夸张。其实，这时候即使有人将弯桥抱起来扔进大河里，他也未必能醒来。

  他们来到了甜橙树下，低头弯腰，轻轻地绕着弯桥转了几圈，之后，就轻轻地坐了下来，或望望睡得正香的弯桥，或互相挤眉弄眼，然后各自挪了挪屁股，以便向弯桥靠得更近一些。他们脸上有一种压抑不住的快乐，仿佛无聊乏味的一天，终于因弯桥的出现，忽然地有了一个让人喜悦的大转折。

  此时，弯桥只在他的无边无际的睡梦里。

阳光透过卵形的甜橙树的叶子，筛到了弯桥的身上、脸上。有轻风掠过枝头，树叶摇晃，光点、叶影便纷乱错动，使四个孩子眼中的弯桥，显得有点儿虚幻。

弯桥笑了一下，并随着笑，顺嘴角流下粗粗一串口水。

女孩红扇"扑哧"一声笑了——笑了一半，立即缩了脖子，用手紧紧捂住了嘴巴。

光点、叶影依然在弯桥身上、脸上晃动着，像阳光从波动的水面反映到河岸的柳树上一般。

几个孩子似乎想要干点儿什么，但都先按捺住自己心里的一份冲动，只安然坐着，有趣地观望着沉睡中的弯桥……

弯桥是油麻地村西头的光棍刘四在四十五岁上时捡到的。那天早上，刘四背只鱼篓到村外去捉鱼，过一座弯桥时，在桥头上看到了一个布卷卷，那布卷卷的一角在晨风里扇动着，像只大耳朵。他以为这只是一个过路的人丢失在这里的，看了一眼就想走过去，不想那布卷卷竟然自己滚动了一下。桥头是个斜坡，这布卷卷就因那小小的一个滚动，竟止不住地一直滚动起来，并越滚越快，眼见着就要滚到一片水田里去了。刘四撒腿跑过去，抢在了布卷卷的前头，算好了它的来路，双脚撇开一个"八"字，将它稳稳挡住了。他用脚尖轻轻踢了踢布卷卷，觉得有点分量，就蹲下来，用又粗又短的手指，很笨拙地掀起布卷卷的一角，随即"哎哟"一声惊呼，一屁股跌坐在地上。等他缓过神来时，只见布卷卷里有一张红扑扑的婴儿的脸，那婴儿似乎很困，微微睁了一眼，鱼一般吧唧了几下小嘴，就又睡去了。

人愈来愈多地走过来。

刘四将布卷卷抱在怀里，四下张望，一副手足无措的样子。

人群里一片喧喳："大姑娘生的""是个小子""体面得很""大姑娘偷人生的都体面"……

油麻地一位最老的老人拄着拐杖，对刘四大声说："还愣着干什么？抱回去吧！你命好，讨不着老婆，却能白得一个儿子。命！"

跟着刘四，弯桥在油麻地一天一天地长大了。先是像一条小狗摇摇晃晃地、很吃力地跟着刘四，接下来就能与刘四并排走了，再接下来，就常常抛下刘四跑到前头去了。但到八岁那年春天，弯桥却得了一场大病。那天，他一天都觉得头沉得像顶了一扇磨盘，晚上放学回家时，两眼一黑栽倒了，滚落到一口枯塘里。刘四穷，家里没有钱，等东借西借凑了一笔钱,再送到医院时,弯桥已叫不醒了。医生说他得的是脑膜炎。抢救了三天,弯桥才睁开眼。等他病好,再走在油麻地时,人们发现,这孩子有点儿傻了。他老莫名其妙地笑,在路上,在课堂上,甚至是在挺着肚皮撒尿时,都会没理由地说笑就笑起来。有些时候,还会自言自语地说一些让油麻地所有人都听不懂的话。

油麻地的孩子们,都希望能见到弯桥,因为这是一个可能获取快乐的机会。有时,他们还会觉得弯桥有点儿可怜,因为养他的刘四实在太穷了。油麻地最破的房子,就是刘四的房子。说是房子,其实很难算是房子。油麻地的人根本不说刘四的房子是房子,而说是"小草棚子"。别人家的孩子,只要上学,好赖都有一个书包,弯桥却用不起书包——哪怕是最廉价的。刘四就用木板给弯桥做了一只小木箱。当弯桥背着小木箱,屁颠屁颠地上学时,就总会有一两个孩子顺手从地上捡根小木棍,跟在弯桥后头,"噼里啪啦"地敲那小木箱。敲快活了,还会大声吆喝:"卖棒冰 ——!"弯桥不恼,抹抹脑门上的汗,害羞地笑笑。

学校组织孩子们进县城去玩,路过电影院,一见是打仗片,三瓢第一个掏钱买了张票,紧接下来,一个看一个,都买了票，一晃工夫，四五十个人就都呼啦啦进了电影院，只剩下弯桥独自一人在电影院门口站着。刘四无法给他零用钱。等电影院的大门关上后，弯桥就在电影院门口的台阶上坐下，用双手抱着双腿，然后将下巴稳稳地放在双膝上，耐心地等电影散场，等三瓢他们出来。一街的行人，一街的自行车车铃声。弯桥用有点儿萎靡的目光，呆呆地看着街边的梧桐树。他什么也不想，只偶尔想到他家的猪。猪几乎就是弯桥一人饲养的。刘四每捉一只小猪回来，就立即盘算得一清二楚：等猪肥了卖了钱，多少用于家用，多少用于给弯桥交学费、添置新衣。

从弯桥能够打猪草的那一天起，他就知道，他要和刘四好好地养猪，把猪养得肥肥的。他从未饿过猪一顿。他总要打最好最好的猪草——是那种手一掐就冒白浆浆的猪草。电影终于散场了，三瓢们一个个看得脸上红通通的，出了电影院的大门都好一会儿工夫了，目光里还带着几丝惊吓和痛快。弯桥被他们感染了，抓住三瓢的或六谷的或浮子的或其他人的胳膊，向他们打听那部电影演的是什么。起初，三瓢们都还沉浸在电影里没出来，不理会他。待到愿意理会了，有的就如实地向他描述他们所看到的，有的就故意向他胡编乱造。弯桥是分不出真假的，就都听着。听着听着就在心里犯嘀咕：怎么三瓢说那个人被枪打碎了脑袋，六谷却说那个人最后当了营长呢？一路上，他就在心里弄不明白。不明白归不明白，但也很高兴……

太阳光变得越来越明亮。

弯桥翻了个身，原先贴在地上的脸颊翻到了上面。三瓢们看到，弯桥的脸颊压得红红的，上面有草和土粒的印痕。

红扇用手指了指弯桥的嘴，大家就都伸过头来看，弯桥又笑了，并且又从嘴角流出粗粗一串口水。

田埂上偶尔走过一个扛着工具回家的人。

三瓢觉得腿有点坐麻了，站了起来，跑到甜橙树的背后，一拉裤带，裤子"哗啦"落在脚面上，然后开始往甜橙树下的黑土里撒尿。尿声提醒了六谷与浮子，先是六谷过来，再接着是浮子过来，与三瓢站成一个半圆，试着与三瓢尿到一个点上。

三瓢他们是五年级，红扇才二年级，但红扇知道害臊了，嘴咕嘟着，将脸扭到一边，并低下头去。但她却无法阻挡由三个男孩一起组成的联合撒尿声。随着尿的增多，地上积了水，尿声就洪大起来，"噗噗噗"，很粗浊地响。

当三瓢、六谷、浮子系上裤子,低头看了一眼由他们尿成的小小烂泥塘时,他们同时互相感应到了对方心里生起的一个恶恶的念头。先是三瓢从地上捡起一根小木棍,蹲下来搅拌起烂泥塘。土黑油油的,一种黑透了的黑,三瓢一搅拌,汪着的尿顿时就变得像黑墨水。

六谷低声说:"能写大字。"

浮子从近处摘了一张大大的青麻叶,用手托着,蹲在了三瓢的身旁。

三瓢扔掉了木棍,捡起一块窄窄的木板条,将黑黑的泥浆一下一下挑到了浮子手中的青麻叶上。

那边,心领神会的六谷拔了四五根毛茸茸的狗尾巴草过来了。

三瓢、六谷、浮子看了看动静,在弯桥身边蹲下。

红扇起初不明白三瓢他们到底要对弯桥做什么,但当她看见三瓢像用一支毛笔蘸墨水一样用一根狗尾巴草蘸黑泥浆时,就一下子明白了他们的心机。她没有立即过来,而是远远地坐着。她不知道自己是否应当参加他们的游戏。

弯桥翻了一个身,仰面朝天。他的鼻翼随着重重的呼吸,在有节奏地扇动。

阳光照着一树饱满的、黄亮亮的像涂了一层油的甜橙。它们又有点像金属制成的,随着风的摇动,在阳光下,一忽一忽地打亮闪。一些绿得发黑的叶子飘落下来,其中有三两片落在了弯桥蓬乱的头发里。

弯桥的脸上像淡淡的云彩一般,又闪过一丝似有似无的笑意。

浮子望着三瓢,用大拇指在上唇两侧,正着刮了一下,又反着刮了一下。

"八"字胡。明白。三瓢用左手捋了捋右手的袖子,轻轻地、轻轻地,在弯桥的上嘴唇上先来了左一撇。

六谷早用手中的狗尾巴草饱饱地蘸了黑泥浆,轻轻地,轻轻地,在弯桥的上嘴唇上又来了右一撇。

很地道、很传神的两撇八字胡,一下子将弯桥的形象改变了,变得让三瓢他们几乎认不出他是弯桥了。

浮子将三瓢和六谷挤开,一手托着一青麻叶的黑泥浆,一手像画家拿了支画笔似的拿着蘸了泥浆的狗尾巴草,觉得弯桥眉毛有点儿淡,就很仔细地将弯桥的两道眉毛描得浓黑浓黑的。

弯桥一下子变得很神气,很英俊,像条走路走累了的好汉,困倒在了甜橙树下。

红扇在三瓢、六谷和浮子一边耳语一边捂住嘴笑时,轻轻走过来,见了弯桥的一张脸,"扑哧"笑了。

弯桥脸上的表情似乎受了惊动,凝住了片刻,但,又很快回到原先那副沉睡的状态里。

三瓢他们几个暂且坐在了地上,看看被围观的弯桥,又互相望着,偷偷地乐。

太阳移到甜橙树的树顶上,阳光直射下来,一树的橙子越发地亮,仿佛点着了似的。

红扇说:"该回家了。"

但三瓢、浮子、六谷都觉得不尽兴。眼前舒舒服服地躺着睡大觉的弯桥,似乎并未使他们产生足够的快乐。这凭什么呢?弯桥凭什么不让他们大大地快活一顿呢?

三瓢扔掉了手中的狗尾巴草,直接用手指蘸了蘸青麻叶上的黑泥浆,在弯桥的脸蛋上涂抹起来。他想起七岁前过年时,他的妈妈在他的脸上慢慢地涂胭脂。一圈一圈,一圈一圈,一个圆便从一分硬币大,到五分硬币大,直到膏药那么大。

弯桥一下显得滑稽了。

红扇看得两腮红红的,眉毛弯弯的,眼睛亮亮的。

三瓢轻声问:"红扇,你想涂吗?"

红扇摇摇头:"臊。"

浮子说:"用狗尾巴草。"

红扇说:"那也臊。"

六谷说:"还有半边脸,你不涂,我可涂了。"

三瓢觉得红扇不涂,有点儿吃亏。他要主持公道,将一根狗尾巴草递给红扇:"涂吧。"

红扇蹲了下来。

浮子立即用双手托着青麻叶。

红扇真的闻到了一股尿臊味,鼻子上皱起细细的皱纹,本来长长的鼻子一下子变短了。浮子赶紧将青麻叶从红扇的面前挪开了一些。

红扇跪了下来,用白嫩的小胖手拿着狗尾巴草,蘸着黑泥浆,在弯桥的另一半脸蛋上涂起来。她涂得很认真,一时忘了是在涂弯桥的脸,而觉得是在上一堂美术课,在涂一幅老师教的画。红扇是班上学习最认真也最细心的女孩。红扇干什么事都认真细心。她一笔一笔地涂,涂到最后,自己的脸几乎就要碰到弯桥的脸了。那时,她也闻不出黑泥浆散发出的尿臊味了。她一边涂,一边还与另一半脸蛋上的"膏药"比大小。既然这一半脸蛋上的"膏药"是她涂的,那她就得一丝不苟地涂好,要涂得与那一半脸蛋上的"膏药"一般大小才是。

红扇涂得三瓢、浮子和六谷都很着急。

终于涂好了。红扇扔掉了黑头黑脑的狗尾巴草,长出一口气。三瓢他们也跟着她长出一口气。

他们都站了起来,然后绕着弯桥转圈儿。

红扇先笑起来,随即三瓢他们也一个接一个地笑了起来,越笑声越大,越笑越疯,越笑越放肆,直笑得东倒西歪。后来,浮子笑瘫在了地上,红扇笑得站不住,双手抱住了甜橙树。

弯桥在笑声中醒来了。

笑声渐渐变小,直到完全停止。

三瓢他们四个,有坐在地上的,有弯着腰的,有仰着脖子朝天的,有抱着甜橙树的,在弯桥慢慢支撑起身子时,他们的笑声停止了,但姿态却一时凝固在了那里。

弯桥适应了光线,依然支撑着身体,惊奇道:"三瓢、浮子、六谷、红扇,你们四个人都在这儿!"他闭了一阵双眼,又将它们慢慢睁开,半眯着:"你们知道吗?我刚才做了一串梦,把你们一个一个地都梦到了。"

三瓢、浮子、六谷、红扇有些惊讶与好奇,一个个围着弯桥坐在地上。

弯桥往甜橙树的树根挪了挪,轻轻地靠在甜橙树的树干上。

"先梦见的是红扇。那天很热,热死人了。我跟红扇躲到一个果园里摘树上的梨子吃。好大好大的一个果园,我从没有见过那么大的一个果园。红扇吃一个,我吃一个,我们不知吃了多少梨。不知怎么的,杨老师就突然地站在了那儿。直直的,那么高,就站我眼前。他不说话,一句也不说。他好像不会说话。我和红扇就跟着他走,可我就是走不动。红扇走几步,就停下来等我。走着走着,就看到了一棵甜橙树,树荫有一块田那么大。'在毒太阳下面站着!'杨老师说完了,人就变成一张纸,一飘一飘的就没了。我和红扇不怕,有那么大一块树荫呢!我朝红扇笑,红扇朝我笑。"

"我们摘树上的橙子吃,一人一只大甜橙。吃着吃着,树荫变小了,越变越小,我们就挤一块儿。树荫就那么一点点大，下面只能站一个人，另一个人得站在太阳下。一个大毒太阳，有洗澡的木盆大。橙子树晒卷了叶，橙子像下雨一样往下落。你说奇怪吧，叶子全掉光了，那一片树荫却还在。可还是只能阴凉一个人。我和红扇要从甜橙树下逃走，一张纸飞来了，就在空中转着圈儿，飘，飘，飘……我们知道那是杨老师。红扇把我推到树荫下。我跳了出来，她又把我推到树荫下，她一定要把树荫让给我。我不干，她就哭，就跺脚。树荫像一把伞。我站在伞底下。伞外面是毒太阳，是个大火球。我要走出树荫，可是，红扇抬头一看，我就定住了，再也走不出树荫。树荫下阴凉阴凉的，好舒服。红扇就站在太阳下，毒太阳！渐渐地，她的头发晒焦了。我对她说：'把树荫给你吧。'她不回头。我就又往树荫外面走，她一回头，我又走不动了，两只脚像粘在了树荫下。一地晒卷了的树叶，红扇用舌头舔焦干的嘴唇，我看着就哭起来，一大滴眼泪掉在了地上，潮了。你们知道吗？潮斑在长大、长大，不知怎么的，就变成了树荫，越变越大，越变越大，一直又变到一块田那么大……"

远处的田野上，有人在唱山歌，因为离得太远，声音传到甜橙树下时，已经没头没尾了。

三瓢、浮子、六谷和红扇都坐着不动。

"接下来,我就梦见了三瓢。"弯桥回想着,"是在荒地里。天底下好像一个人也没有了,就我们两个人。我们走了好多天好多天,就是走不出荒地。那才叫荒地呢,看不到一条河,看不见一点儿绿,满眼的枯树,枯草。天上连一只鸟也没有。四周也没有一点点儿声音。我和三瓢手拉着手。我和他的手好像长在一块,再也不能分开了。没有风,可到处是尘土,卷在半空里,像浓烟,把太阳都罩住了。我总是走不动,三瓢就使劲拉着我。真饿,我连土块都想啃。想看见一条河,想看见一个村子,想看见一户人家。我想掐一根青草在嘴里嚼嚼,可就是找不到一根青草,心里好生气,朝枯草踢了一脚,吓死人啦,那草被我一踢,你们猜怎么着?烧着了!一忽,就变成了一大片火,紧紧地撵在我们屁股后头。三瓢拉着我,拼命地跑。后来,我实在跑不动了,就倒在了地上。三瓢解下裤带,拴在我脚脖上,拖着我往前走。地上的草油滑油滑的,我觉得自己是躺在雪地上,三瓢一拖,我就滑动起来,像在天上飞。"

"也不知是什么时候,三瓢大声叫我:'弯桥,你看哪!'我从地上爬起来,往前看。你们知道我看见什么啦?

一棵甜橙树!它长在大堤上。知道大堤有多高吗?在云彩里。整个大堤上,什么也没有,就一棵甜橙树。我们手拉着手爬上大堤。知道这棵甜橙的树叶有多大吗?巴掌大。我和三瓢没有一丝力气了,就坐在甜橙树下。我们都仰脸朝上望,心里想:上面要挂着橙子,该多好!……橙子!"弯桥仰着脸,用手指着甜橙树的树冠,眼睛里闪烁着光芒,"橙子!就一颗橙子,一颗好大好大的橙子!三瓢也看到了,抱着树干爬起来。我爬不起来了,直挺挺地躺在地上。三瓢说:'你在下面等着。'他就朝甜橙树上爬去。我记得他是个光身子,只穿了条裤子,鞋也没有。他爬上去了。那颗橙子就在他眼前,红红的。他伸手去摘,怪吧?那颗橙子飞到另一根枝头上去了。它会飞!你们见过夏天的鬼火吗?它就像鬼火。它在甜橙树上飞来飞去。我躺在地上干着急:'在这儿,在这儿!'三瓢从这根树枝爬到那根树枝,上上下下追那颗橙子,可怎么也追不着。三瓢靠在树枝上直喘气,汗落下来,'噗嗒噗嗒'掉在我脸上,砸得我脸皮麻。那颗橙子就在他眼前一动不动地挂着,亮闪闪的,像盏灯。"

"我瞧见三瓢把身子弯向前去,一双眼睛好亮好亮,紧紧盯着橙子。我的嗓子哑了,说不出话来。我就使劲喊:

'三瓢，你要干什么？'我还没有把话喊完，他就朝那颗橙子扑了过去……'扑通'一声，他连人带橙子从空中跌在地上。他双手抱着橙子，一动不动地躺在那儿。我就大声叫他：'三瓢！三瓢！……'他醒了，把橙子送到我手上。我推了回去。他又推了回来：'吃吧，就是为你摘的。'……"

弯桥仰望着甜橙树上的橙子，两眼闪着薄薄的泪光。

刚才在远处田野上唱山歌的人，好像正朝这边走过来，因为他的歌声正渐渐变大变清晰。

三瓢、浮子、六谷和红扇都往弯桥跟前挪了挪。

"要说到你了，六谷。"弯桥将身子往下出溜一些，以便更舒坦地靠在甜橙树的树干上。他将两条腿伸开，交叉着。

"你们梦见过自己生病吗？我梦见自己生病了。一种特别奇怪的病。不发烧，哪儿也不疼，就是没精神，不想吃饭，不想打猪草，不想上学，也不想玩。看了好多地方，都治不好。有一天，我路过六谷家的院子，听到六谷家院子里的甜橙树上有鸟叫，不知怎的，就浑身发抖。抖着抖着就不抖了。我就听鸟叫，听着听着，我就想吃饭，就想打猪草，就想上学，就想跟你们一起到地里疯玩。我的病，一下子就好了。我抬头去看甜橙树上的鸟：它站在鸟窝边上，一个小小的鸟窝，鸟也小小的，白颜色，雪白，嘴巴和爪子都是红色的，金红，好干净，好像刚刚用清水洗过似的。它歪着头朝我看，我也歪着头朝它看。它又叫开了。我从没听见过这么好听的鸟声……"弯桥沉醉着，仿佛又听到了鸟的叫声。

"从那以后，我就知道了，能治好我病的，就是那只鸟，全油麻地的人都知道我得了一种很怪很怪的病。六谷就对他家树上的鸟说：'去吧，飞到弯桥家去吧。'六谷很喜欢这只鸟。它一年四季就住在六谷家的甜橙树上叫。鸟不飞。六谷就用竹竿赶它：'去吧，去吧，飞到弯桥家去吧。'鸟在天上飞了几圈，就又落下来了。它离不开甜橙树。他央求树上的鸟：'去吧。弯桥躺在床上呢，只有你能救他。'鸟就是不肯飞。六谷急了，就用石子砸它。鸟由六谷砸去，就是不飞……不知是哪一天，我坐在门前晒太阳，就听见门口大路上，轰隆轰隆地响。我抬头一看，路上全都是大人、小孩。你们知道我看见什么了？甜橙树，六谷家的甜橙树！六谷手里拿着他爸爸赶牛的鞭子，在赶那棵树。他扬了扬鞭子，甜橙树就摇摇晃晃地往前走。梦里头看不清它是怎么走的，反正它正朝我们家走来。六谷有时把鞭子往空中一抽,就听见'叭'的一声响,崩脆,像放鞭炮。甜橙树越来越大,大人小孩就跟着,闹闹嚷嚷的,也不知他们在说些什么。我看到鸟了。它守在窝上,甜橙树晃晃悠悠的,它也晃晃悠悠的。它忽然在甜橙树上飞起来,在树枝间来回地飞。后来,它落在最高的枝头上,对着天叫起来。大人小孩都不说话,就听它叫……从此,甜橙树就长在了我家的窗前,每天早上,太阳一出,那只鸟就开始叫……"

弯桥觉得自己是在说傻话,显得有点儿不好意思。

唱山歌的人离甜橙树越来越近了。悠长的山歌,一句一句地送到了甜橙树下。

三瓢、浮子、六谷和红扇又往弯桥跟前挪了挪。

弯桥看了看那只大网兜,有了想回去的心思,但看到三瓢他们并无一丝厌烦的意思,就又回到了说梦的念头上:

"最后梦到的是浮子……梦里,我先见到了我妈妈。"弯桥立即变成一副幸福无比的样子,"我妈妈长得很漂亮很漂亮,真的很漂亮。她梳一根长长的、长长的大辫子,牙齿特别特别的白。她朝我笑,还朝我招手,让我过去。我过不去,怎么也过不去。我看到妈妈眼睛里都是泪,亮晶晶的。我朝妈妈招手,妈妈却不见了,但半空里传来了妈妈的声音：'我在大河那边……'妈妈的声音，好听极了，一直钻到你心眼眼里。前面是一条大河。世界上还有这么大的大河！你们都没有见过。一眼望不到边，就是水，白汪汪的水。可没有浪，连一丝水波也没有。有只鸽子想飞过去，想想自己可能飞不过去，又飞回来了。我就坐在大河边上，望大河那边，望妈妈。没有岸，只觉得岸很远很远。妈妈肯定就在那边。没有船，船忽然的全没有了。浮子来了。他陪着我坐在大河边上，一直坐到天黑。"

"第二天，我又坐到大河边上。浮子没来陪我。第三天，他也没有来。红扇来了，说：'浮子这两天一直坐在他家甜橙树下。'我问红扇：'他想干什么？'红扇说：'他想锯倒甜橙树。''锯倒甜橙树干什么？''做船，为你做船。'我离开大河边，就往浮子家跑。浮子家门前有棵甜橙树，一棵这个世界上最大的甜橙树。我跑着，眼前什么也没有，只有那棵甜橙树。一树的绿叶，一树的橙子。我跑到了浮子家。甜橙树，好好的，高高大大地站在那儿。浮子一见我，就朝我大声喊：'别过来！别过来！'就听见'咔嚓'一声，甜橙树倒下了，成千上万只橙子在地上乱滚，我只要一跑，就会踩着一只橙子，滑跌在地上……一连好几天，浮子就在他家门前凿甜橙树,他要把它凿成一条船。他一边凿一边掉眼泪。我知道,他最喜欢的东西,就是他家的甜橙树。他却朝我笑笑:'你要见到你妈妈了……'"

弯桥望着他的四个好同学、好朋友,泪光闪闪,目光一片迷蒙。

三瓢、浮子、六谷、红扇都低着头。

唱山歌的人终于走过来了。是个白胡子老汉。见到甜橙树下坐着五个孩子,越发唱得起劲。唱着唱着,又走远了。

弯桥上身直直的,盘腿坐在橙子树下,沾着泥巴的双手,安静地放在双腿上。

三瓢、浮子、六谷和红扇抬起头来望弯桥时,不知为什么,都想起了村后寺庙里那尊默不作声的菩萨。

红扇哭起来。

弯桥以为自己说错了什么,有点儿慌慌张张地看着三瓢、浮子、六谷。

三瓢爬起来,蹲到了那个小小烂泥塘边。当他一转脸时,发现浮子、六谷也都蹲到了烂泥塘边。他先是伸了一只指头,蘸了点儿黑泥浆涂到脸上,随即将一只巴掌放到了黑泥浆上,拍了拍,又在脸上拍了拍……

浮子、六谷都学三瓢的样子，将自己的脸全涂黑了，只留一双眼睛眨巴眨巴的。

红扇走过来，也蹲在烂泥塘边。她看了看三张黑脸，伸出手指头，蘸了黑泥浆，一点一点，很仔细地在自己脸上涂起来，样子像往自己的小脸蛋上涂香喷喷的雪花膏。

三瓢他们不着急，很耐心地等她。

当四张黑脸一起出现在弯桥面前时，弯桥先是吓得紧紧靠在甜橙树上，紧接着大笑起来。

三瓢他们跳着，绕着弯桥转圈儿。他们的脸虽然全涂黑了，但，仍然看得出他们在笑。

"黑泥浆在哪儿？"弯桥问。

三瓢、浮子、六谷、红扇不作声，用手指了指甜橙树后。

弯桥一挺身爬起来，找到烂泥塘后，用两只巴掌在黑泥浆上拍了拍，然后像泥墙一般在脸上胡乱地涂抹起来。

三瓢他们让出一个空位置来给弯桥。

五个孩子，一样的黑脸，像五个小鬼一般，在甜橙树下转着圈，又跳又唱……

二〇〇二年一月二十二日晚写成于北京大学蓝旗营

名家点评

可爱的男孩弯桥虽然是智力上的弱智，但是却是爱心上的巨人。他用真诚去感化他人的恶意，并成功地感染他人弃恶从善。文中的意境和色彩美得让人心碎，弯桥的纯真也令人心碎。静读此文，竟然忍不住落泪。每一颗浮躁的心灵在这个故事面前，都会变得澄澈，进而感受到了"善"的启迪。

儿童文学作家　郝周

在细致、绵密的诗兴掩映之下，《甜橙树》写下了儿童文学所稀见的残酷人生。但它不回避人生之苦之难，然而这苦和难却又极为精湛地被笼罩于爱和悲悯的光耀之下。那种光，让这篇有着沉重感的小说闪烁起卓越之光。

《甜橙树》扎实、简质，然而又清逸、丰富，耐人寻味。它让人沉浸，让人感动，让人吁嘘。弯桥所经历的捉弄和命运的挫砺，经由曹文轩的"反转"叙述，竟然给人那么强的动人力量，它给我的胸口重重一击。可以说，弯桥"滔滔不绝"的梦境描述是点睛之笔，也是神来之笔，它是小说之眼，是小说得以飞升的最有力支撑。它，堪称为儿童文学的某一"典范"。

河北师范大学教授，鲁迅文学奖获得者，小说家　李浩

这是一个爱与感化的故事，也是一个关于爱的境界的故事。少年弯桥在甜橙树下睡着了，小伙伴们把尿泥涂到他的脸上捉弄他。醒来的弯桥没有生气，更没有责备他们。发没发现被捉弄的真相不重要，重要的是他把小伙伴们请到了他漫长的梦境中。这些梦都涉及一棵甜橙树，这些梦中的故事有一个共同的关于爱的主题。按通常的逻辑，这些梦中之爱的施予者，应该是弯桥，以德报怨才更能显出他的纯真、清洁和境界，像佛祖舍身饲虎。但小说没这么写，一反常规，把施爱者定位在四个小伙伴身上，每个小伙伴在弯桥的梦中都努力地救助了弯桥：红扇宁愿自己顶着毒太阳，也要送给弯桥难得的树荫；三瓢带弯桥逃离火海，冒险为他摘取甜橙；六谷为了让只愿待在自家甜橙树上的鸟能以神奇的鸣叫为弯桥治病，不惜将整棵树都驱赶到弯桥家；浮子砍倒自家的甜橙树，凿一条小船，供弯桥渡河寻找妈妈。弯桥对梦境的复述真挚又质朴，发自肺腑的感恩，让弯桥对爱的理解进入了一个更高的层次。由此而来的对小伙伴们的感化，也就更具了别样的力量。"三瓢、浮子、六谷和红扇抬起头来望弯桥时，不知为什么，都想起了村后寺庙里那尊默不作声的菩萨。"倘若这是个发生在成人世界的故事，以菩萨作比的确是相当恰切的，但在一个毫无机心、行事源于本性的孩子的世界里，弯桥的爱，其境界更将阔大。但孩子无力理解更高远的佛心与人性，引入日常所见的菩萨却又是十分合宜的。四个小伙伴被弯桥感化，自觉地都涂污了脸，与弯桥同乐，行为也率真坦荡，读来让人动容。真正的大爱从来都是宽阔有力的，既抽象又具体，它终能将心存善良的人团聚到一起。《甜橙树》由此也不仅仅是一个少年间嬉闹的故事，它更是一部拓展了爱的境界与力量的简明哲学。

《人民文学》副主编，茅盾文学奖获得者，小说家　徐则臣

曹文轩创作谈：

作家的作品源于生活，每一部作品中都或多或少地打下作者个人的生活经历、生活感受的烙印。《草房子》中也同样有我青少年时代的生活体验。在我笔下呈现出的人物、事件、景色，有些不但是我个人的生活积淀，也是我同代人的经历，这就是为什么《草房子》同时也得到各位家长们喜欢的原因。

在《草房子》一书的后面附有我近年来的研究、创作目录，也可以说是我在文学艺术领域取得的一些成果吧，细心的读者可能会感觉到我涉及的面还是比较广的，其中有成人文学，如近日出版发行的《红瓦》等，也有文学理论研究方面的著作。我认为，一个作家不应把自己局限在某一个方面，因此我从未把自己定位在某一个创作群体里。

长篇

草房子（节选）

一

桑乔出身卑微，对于这一点，油麻地的人几乎谁也不了解——桑乔是从外地调来的。

从前的桑乔家没有一寸土地。桑乔只断断续续念过一年私塾。桑乔才十几岁，就开始跟着父亲打猎。一年四季，就在芦苇丛里走，在麦地里走，在林子里走，在荒野里走，眼睛总是瞪得滴溜圆，鼻子也总是到处嗅着。桑乔至今还有每走到一处就嗅嗅鼻子的习惯，并且嗅觉特别灵敏。因此，桑桑家经常发生这样的事：桑乔从外面回来了，一进屋，就嗅了嗅鼻子说:"家里有股骚味。"全家人就都嗅鼻子,但谁也嗅不出什么骚味来。桑乔却一口咬定说:"有。"最后,总会找到骚味的来源的,或是被桑桑用被子掩盖了的尿湿了的褥子,或是猫把尿撒了几滴在墙角上了。桑乔打猎,直打到二十五岁。二十五岁时的桑乔,皮肤是烟熏般的黄黑色。在这段岁月里,桑乔足足地领略到了猎人的艰辛与猎人的屈辱。在这个以农耕为本的地方,打猎是一种最低贱的行当。可是,桑乔家无地,他不得不打猎,不得不常常抓着血淋淋的野兔或野鸡,十分不雅地站在集市上向人兜售他的猎物。桑乔是在时刻可见的鄙夷目光里长到二十五岁的。二十五岁之前的桑乔,因为不经常与人对话,总在沉默中度过,还落下了一个口吃的毛病。

桑乔从内心里厌恶打猎。桑乔喜欢的是读书识字。他凭着他一年私塾所学得的几个字,逮到什么书,就拼命去读,去猎获,样子就像跟随在他身边的那条猎狗。桑乔在河坡上,在麦地里,在树林间,看了无数本他从各处捡来的、搜寻来的、讨来的书。文字以及文字告诉他的故事、道理,就像滚雪球一样,越滚越大。他说话虽然结巴,但人们还是从他结结巴巴的话里看出了他的不同寻常之处。当到处兴办学校，地方上一时找不到教书先生发愁时，居然有人一下子想到了他。

桑乔很快向人们证明了他是一个出色的教书先生。他从一处换到另一处，而每换一处，都是因为他工作的出色。他一个一个台阶地上升着，直至完全成为一所小学的校长。

桑乔十分鄙视自己的历史。他下苦功夫纠正了自己的口吃，尽力清洗着一个猎人的烙印。当他站在讲台上讲课，当他把全体教师召集在一起开会，当他坐在藤椅上教人排戏，竟然没有人再能从他身上看出一丝猎人的痕迹来了。

但他自己，却在心中永远地记着那段历史。

他把那支猎枪留下了。后来的岁月中，不管迁移到什么地方，他总要把这支猎枪挂在外人看不到的房间的黑暗处。

猎枪挂在黑暗里，桑乔却能清清楚楚地看到它。但桑乔看到的不是猎枪，而是一根黑色的鞭子。

桑乔很在乎荣誉。因为桑乔的历史里毫无荣誉。桑乔的历史里只有耻辱。桑乔看待荣誉，就像当年他的猎狗看待猎物。桑乔有一只小木箱子。这只小木箱里装满了他的荣誉：奖状与作为奖品的笔记本。不管是奖状还是笔记本，那上面都有一个让他喜欢的不同级别的大红章。有地方政府这一级的，有县一级的，甚至还有省一级的。无论是奖状，还是笔记本，那上面所写着的都大同小异：奖给先进教育工作者桑乔。一年里头，桑乔总要在一些特别的时节或时刻，打开箱子来看一看这些奖状和笔记本。那时，巨大的荣誉感，几乎会使他感到晕眩。

现在，是桑桑六年级的上学期。

桑桑早看上了父亲小木箱里的笔记本。但一直没有下手。现在，他很想下手。他马上要考初中了。他要好好地准备。桑桑不管做什么事情，总爱摆谱，总爱把事情做得很大方，很有规格。但也不考虑后果。他将碗柜改成鸽笼，就是一例。这天晚上，他躺在床上想：我应该有很多本子，生词本、造句本、问答本……他粗算了一下，要有 10 本本子。前天，他曾向母亲要钱去买本子，但被母亲拒绝了："你总买本子！"桑桑沉浸在他的大计划里，激动不已。这天上午，桑桑趁父亲去镇上开会，终于把小木箱从柜顶上取了下来，然后趁母亲去邱二妈家玩，将它抱到了屋后的草垛下。他撬掉了那把小锁，打开了这只从前只有父亲一人才有权利打开的小木箱。他把这些差不多都是布面、缎面的笔记本取出来一数，一共12本。他把它们一本一本地摆开，放在草上。

自从读书以来，他还从未使用过如此高级的本子。他看着这些笔记本，居然流出一串口水来，滴在了一本笔记本的缎面上。他把一本笔记本打开，看到了一枚红红的章子。他觉得章子挺好看，但却毫无父亲的荣誉感。等他把所有笔记本都打开看了看之后，他开始觉得盖章子的那一页很别扭了。他马上想到的一点就是清除掉这一页。他要把父亲的笔记本变成他桑桑的笔记本。只有这样，他用起来心里才能痛快。他想撕掉那一页，但试了试，又不太敢，只将其中一本的那一页撕开一寸多长。他把这些笔记本装进了书包。但，心里一直觉得那盖章子的一页是多余的。午饭后，他到底将装笔记本的书包又背到了屋后的草垛下。他取出一本打开，哗地一下撕下了那盖章子的一页。那声音很脆，很刺激人。他接着开始撕第二本的、第三本的……不一会儿，草上就有了十二张纸。十二枚大小不一、但一律很红亮的章子，像十二只瞪得圆圆的眼睛在看着他。他忽然有点害怕了。他四下里看了看人，连忙将这十二张纸搓揉成一团。他想将这一团纸扔到河里，但怕它们散开后被人发现，就索性将它们扔进了黑暗的厕所里。

下午上课，桑桑的桌上，就有一本又一本让人羡慕的笔记本。

桑乔发现这些笔记本已被桑桑划为己有，是在一个星期之后。那是一个星期天，桑桑还在外面玩耍，柳柳不知要在桑桑的书包里找什么东西，把桑桑书包里的东西全都倒在了床上，被正巧进来的桑乔一眼看见了。他首先发现的是那些笔记本已变薄（桑桑有撕纸的习惯，一个字没写好，就哗地撕掉），其中有几本，似乎还只剩下一小半。他再一本本地打开来看，发现那一页一页曾经看了让他陶醉的盖了大红章的纸，都被撕掉了。当即，他就歇斯底里地吼叫起来，吓得柳柳躲在墙角，捂住耳朵，闭上眼睛不敢看他。

桑桑回来之后，立即遭到了一顿毒打。桑乔把桑桑关在屋里，抽断了两根树枝，直抽得桑桑尖厉地喊叫。后来，桑乔又用脚去踢他，直将他一脚踢到床肚里。桑桑龟缩在黑暗的角落里哆哆嗦嗦地哭着，但越哭声音越小——他已没有力气哭了，也哭不出声来了。

被关在门外的母亲，终于把门弄开，见桑乔抓着棍子还浑身发颤地守在床前等桑桑出来再继续揍他，拼了命从桑乔手里夺下棍子："你要打死他，就先打死我！"她哭了，把桑桑从床下拉出，护在怀里。

柳柳更是哇哇大哭，仿佛父亲不是打的桑桑，而是打的她。

桑乔走出门去，站在院子里，脸色苍白，神情沮丧，仿佛十几年用心血换来的荣誉，真的被儿子一下子全都毁掉了。

当天深夜，桑乔一家人，都被桑桑锐利的叫唤声惊醒了。

母亲下了床，点了灯，急忙过来看他。当她看到桑桑满头大汗，脸已脱色，再一摸他的手，只觉得冰凉时，便大声喊桑乔："他爸，你快起来！你快起来！"

桑桑用一只手捂着脖子向母亲说着："脖子疼。"

母亲将他的手拿开，看到了他脖子上一个隆起的肿块。这个肿块，她已看到许多日子了。

又一阵针扎一般的疼痛袭击了桑桑，他尖叫了一声，双手死死抓住了母亲的手。母亲坐到床边将他抱起，让他躺在了她怀里。

桑乔站在床边问："这个肿块已长了多少天啦？我怎么没看见？"

母亲流着泪："你整天就只知道忙你的学校!你什么时候管过孩子?你还能看见孩子长了东西?两个月前,我就对你说过,你连听都没听进耳朵里去!"

桑桑的头发都被汗水浸湿了。他的嘴唇一直在颤动着。他躺在母亲怀里,一次又一次地被疼痛袭击着。

桑乔这才发现眼前的桑桑清瘦得出奇:两条腿细得麻秆一般,胸脯上是一根根分明的肋骨,眼窝深深,眼睛大得怕人。

桑乔翻出两粒止痛片,让桑桑吃了,直到后半夜,桑桑的疼痛才渐渐平息下去。

二

桑乔带着桑桑去了镇上医院。几个医生都过来看。看了之后,都说:"桑校长,早点带孩子去城里医院看,一刻也不能拖延。"

桑桑从医生们的脸上,更从父亲的脸上,看出了事情的严重。

当天,桑乔就带着桑桑去了县城。

桑桑去了三家医院。每一家医院的医生，都是在检查完他脖子上的肿块之后，拍拍他的头说："你先出去玩玩好吗？"桑乔就对桑桑说："你到外面玩一会，我马上就来。"桑桑就走出了诊室。但桑桑没有走出医院到外面去玩，而是坐在医院走廊里的长椅上。他不想玩，就一动不动地坐在椅子上等父亲。

桑桑能感觉到父亲的表情越来越沉重，尽管父亲做出来的是一副很正常的样子。但桑桑自己不知道自己是一种什么感觉。他只知道跟着父亲走进医院，走出医院，走在大街上。他唯一感觉到的是父亲对他很温和，很温暖。父亲总是在问他："你想吃些什么？"而桑桑总是摇摇头："我不想吃什么。"但桑桑心里确实没有去想什么。

天黑了。父子俩住进了一家临河小旅馆。

晚饭吃得有点沉闷。但桑桑还是吃了一些。他发现父亲在吃饭时，一副心不在焉的样子，筷子放在菜盘里，却半天不知道夹菜。当父亲忽然地想到了吃饭时，又总是对桑桑说："吃饱了饭，我们逛大街。"

这是桑乔带着桑桑第一回夜晚留宿城里。

桑桑跟着父亲在大街上走着。已是秋天，风在街上吹着时，有了点凉意。街两旁的梧桐树，虽然还没有落叶，但已让人感觉到，再刮几起秋风，枯叶就会在这夜晚的灯光里飘落。父子俩就这样走在梧桐树下斑驳的影子里。秋天夜晚的大街，反倒让人觉得比乡村的夜晚还要寂寞。

父亲看到桑桑落在了后面，就停住了，等他走上来时，说："还想逛吗"

桑桑不知道自己的内心是想逛，还是不想逛。

父亲说："天还早，再走走吧。"

桑桑依然跟着父亲。

路过一个卖菱角的小摊，父亲问："想吃菱角吗？"

桑桑摇摇头。

路过一个卖茶鸡蛋的小摊，父亲问："想吃茶鸡蛋吗？"

桑桑还是摇摇头。

又路过一个卖烀藕的小摊，父亲问："吃段烀藕吧？"这回，他不等桑桑回答，就给桑桑买了一大段烀藕。

桑桑吃着烀藕，跟着父亲又回到了小旅馆。

不一会儿，就下起晚雨来。窗外就是河。桑桑坐在窗口，一边继续吃烀藕，一边朝窗外望着。岸边有根电线杆，电线杆上有盏灯。桑桑看到了灯光下的雨丝，斜斜地落到了河里，并看到了被灯光照着的那一小片水面上，让雨水打出来的一个个半明半暗的小水泡泡。他好像在吃藕，但吃了半天，那段藕还是那段藕。

"不好吃，就不吃了。"父亲说完，就从桑桑手中将那段藕接过来，放在床头的金属盘里，"早点睡觉吧。"父亲给桑桑放好被子，并且帮着桑桑脱了衣服，让桑桑先钻进被窝里，然后自己也脱了衣服，进了被窝。这是个小旅馆，父子俩合用一床被子。

桑桑已经没有和父亲合用一床被子睡觉的记忆了，或者说，这种记忆已经很模糊。桑桑借着灯光，看到了父亲的一双大脚。他觉得父亲的大脚很好看，就想自己长大了，一双脚肯定也会像父亲的大脚一样很好看。但，就在他想到自己长大时，不知为什么鼻头酸了一下，眼泪下来了。

父亲拉灭了灯。

桑桑困了，不一会就睡着了。但睡得不深。他隐隐约约地觉得父亲在用手抚摸着他的脚。父亲的手，一会在他的脚面上来回地轻抚着，一会在轻轻地捏着他的脚趾头。到了后来，就用手一把抓住他的脚，一松一紧地捏着。

桑桑终于睡熟。他醒来时，觉得被窝里就只有他一个人。他微微抬起头来,看见父亲正坐在窗口抽烟。天还未亮。黑暗中,烟蒂一亮一亮地照着父亲的面孔,那是一张愁郁的面孔。

雨似乎停了,偶尔有几声叮咚水声,大概是岸边的柳树受了风吹,把积在叶子上的雨珠抖落到河里去了。

第二天,父亲带着桑桑回家了。

路过邱二妈家门口时,邱二妈问:"校长,桑桑得的什么病?"

桑乔竟然克制不住地在喉咙里呜咽起来。

邱二妈站在门口,不再言语,默默地看着桑桑。

桑桑还是那样跟着父亲,一直走回家中。

母亲似乎一下子就感觉到了什么,拉过桑桑,给他用热水洗着脸,洗着手。

桑乔坐在椅子上,低着头,一言不发。

老师们都过来了。但谁也没有向桑乔问桑桑究竟得了什么病。

篮球场上传来了阿恕们的喊声:"桑桑,来打篮球!"

蒋一轮说:"桑桑,他们叫你打篮球去呢。"

桑桑走出了院子。桑桑本来是想打一会儿篮球的。但走到小桥头，突然地不想打了，就又走了回来。当他快走到院门口时，他听见了母亲的压抑不住的哭声。那哭声让人感到天要塌下来了。

柳柳并不知道母亲为什么那样哭，只觉得母亲哭总是有道理的，也就跟着哭。

邱二妈以及老师们都在劝着母亲："师娘师娘，别这么哭，别这么哭，别让桑桑听见了……"

桑桑没有进院子。他走到了池塘边，坐在塘边的凳子上，呆呆地看着池塘里几条在水面上游动着的、只有寸把长的、极其瘦弱的小鱼。他想哭一哭，但心中似乎又没有什么伤感的东西。他隐隐地觉得，他给全家，甚至给所有认识他的人，都带来了紧张、恐慌与悲伤。他知道，事情是十分严重的。然而，在此刻他就是无法伤心起来。

他觉得有一个人朝他走来了。他用两只细长的胳膊支撑在凳子上，转过头去看。他见到了温幼菊。

温幼菊走到了他跟前，把一只薄而柔软的手轻轻放在他的肩上："桑桑，晚上来找我一下好吗？"

桑桑点点头。他去看自己的脚尖，但脚尖渐渐地模糊了起来。

三

桑桑最喜欢的男老师是蒋一轮，最喜欢的女老师是温幼菊。

温幼菊会唱歌，声音柔和而又悠远，既含着一份伤感，又含着一份让人心灵颤抖的骨气与韧性。她拉得一手好胡琴。琴上奏得最好的又是那曲《二泉映月》。夏末初秋的夜晚，天上月牙一弯，她坐在荷塘边上，拉着这首曲子，使不懂音乐的乡下人，也在心里泛起一阵莫名的悲愁。桑桑的胡琴就是温幼菊教会的。

在桑桑看来，温幼菊最让人着迷的还不仅仅在于她会唱歌、会拉胡琴，更在于她一年四季总守着她的药罐子。他喜欢看她熬药，看她喝药，看她一副弱不禁风的样子。温幼菊不管是在什么地方出现，总是那副样子。她自己似乎也很喜欢自己这个样子——这个样子使她感到自己很温馨，也很有人情。

因为她的房间一年四季总飘逸着发苦的药香，蒋一轮就在她的门上挂了一小块木牌，那上面写了两个字：药寮。

桑桑不懂"寮"是什么意思，蒋一轮就告诉他："'寮'

就是小屋。"

温幼菊笑笑，没有摘掉牌子。她的小屋本就是熬药的地方。她喜欢熬药，甚至喜欢自己有病。"药寮"——这个名字挺古朴，挺雅的。

桑桑进屋子时，温幼菊正在熬药。

温幼菊坐在小凳上，见了桑桑，也给了他一张小凳，让他与她一起面对着熬药的炉子。

这是一只红泥小炉，样子很小巧。此时，炭正烧得很旺，从药罐下的空隙看去，可以看到一粒粒炭球，像一枚枚蛋黄一样鲜艳，炉壁似乎被烧得快要溶化成金黄色的流动的泥糊了。

立在炉上的那只黑色的瓦罐，造型土气，但似乎又十分讲究，粗朴的身子，配了一只弯曲得很优雅的壶嘴和一个很别致的壶把。药已经煮开。壶盖半敞，蒸气推动着壶盖，使它有节奏地在壶口上弹跳着。蒸气一缕一缕地升腾到空中，然后淡化在整个小屋里，使小屋里洋溢着一种让人头脑清醒的药香。

在深秋的夜晚，听着窗外的秋风吹着竹林与茅屋，小红炉使桑桑感到十分温暖。

温幼菊没有立即与桑桑说话,只是看着红炉上的药罐,看着那袅袅飘起的淡蓝色的蒸气。她的神情,就像看着一道宁静的风景。

桑桑第一次这样认真地面对红炉与药罐。他有一种说不清楚的感觉。他好像也是挺喜欢看这道风景的。

温幼菊往罐里续了点清水之后,依然坐了下来。她没有看桑桑,望着红炉与药罐问他:"害怕吗?"

桑桑说不清楚他到底是害怕还是不害怕。他甚至有点渴望自己生病。但他又确实感觉到了,事情似乎太严重了。他倒是有一种模模糊糊的孤独感。

桑桑望着炉口上似有似无的红焰,不说话。

"你来听听我的故事吧。"温幼菊回忆着,"我很早就失去了父母。我是奶奶把我带大的。我得永远记住我的奶奶,永生永世。这倒不在于奶奶知我的冷热,知我的饥饱,而在于她使我学会了活着所必要的平静和坚韧。奶奶是个寡言的人。细想起来,奶奶没有留给我太多的话。在我的记忆里,最深刻的,只有她留下的两个字:别怕!这几乎是她留给我的全部财富,但这财富是无比珍贵的。记得我七岁时,那年冬天,我望着门前那条冰河,很想走过去。我想站在对岸,然后自豪地大声叫奶奶,让她来看我。但我走到冰上时,却不敢再往前走了,虽然我明明知道,冰已结得很厚很厚。这时,我感觉到身后的岸上,站着奶奶。我没有回头看她,但我能感觉到奶奶的目光——鼓励我的目光。当我还在犹豫不决时,我听到了她的声音:别怕!奶奶的声音不大,但在我听来,却像隆隆的雷声。我走过去,走过去,一直走过去……我登上了对岸,回头一看,奶奶正拄着拐棍站在寒冷的大风中,当时奶奶已经七十岁了。我没有大声地叫她。因为,我哭了……"

温幼菊用铁钩捅了几下炉子,炉口飞出一片细小的火星。

"十二岁那年,我生病了,非常非常严重的病。医生说,我只能再活半年。那天傍晚,我独自一人走到大堤上去,坐在一棵树下,望着正一寸一寸地落下去的太阳。我没有哭,但能感觉到我的手与脚都是冰凉的。奶奶拄着拐棍来了。她没有喊我回家,而是在我身边坐下了。天黑了下来,四周的一切,都渐渐地被黑暗吞没了。风越吹越大,我浑身哆嗦起来。当我抬头去望奶奶时,她也正在望我。我在黑暗里,看到了她的那双慈祥的、永远含着悲悯的眼睛。我扑到她怀里,再也克制不住地哭泣起来。她不说话,只是用手抚摸着我的脑袋与肩头。月亮升上来了,很惨白的一轮。奶奶说:'别怕!'我伏在她腿上,竟然睡着了……后来的日子里,奶奶卖掉了她的一切,领着我四处治病。每当我感到绝望时,奶奶总是那句话:'别怕!'听到这两个字,我就会安静下来。那时,我既不感到恐怖,也不感到悲伤。我甚至那样想:我已见过太阳了,见过月亮了,见过麦地和风车了,见过那么多那么多的好人了,即使明天早上,真的走了,也没有什么遗憾了。我像所有那些与我年纪一样大的女孩子一样,觉得很快乐。奶奶每天给我熬药。而我每天都要喝下一碗一碗的苦药。我听从奶奶的,从不会少喝一口。喝完了,我朝奶奶笑笑……"

温幼菊将药倒进一只大碗,放上清水,接着再熬第二炉。

停顿了很久,温幼菊才说:"十七岁那年,我考上了师范学校。也就是那年秋天,奶奶走了。奶奶活了八十岁。奶奶是为了我,才活了八十岁的。奶奶临走前,抓住我的手。她已说不出话来了。但我从她微弱的目光里,依然听到了那两个字:'别怕!'"她没有看桑桑,但却把胳膊放在了桑桑的脖子上:"桑桑,别怕……"

眼泪立即汪在了桑桑的眼眶里。

温幼菊轻轻摇着桑桑，唱起歌来。没有歌词，只有几个抽象的叹词：

咿呀……呀，

咿呀……呀，

咿呀……哟，

哟……

哟哟，哟哟……

咿呀咿呀哟……

这几个叹词组成无穷无尽的句子，在缓慢而悠长的节奏里，轻柔却又沉重，哀伤却又刚强地在暖暖的小屋里回响着。桑桑像一只小船，在这绵绵不断的流水一样的歌声中漂流着……

四

桑乔丢下工作，领着桑桑去了苏州城看病。一个月下来，看了好几家医院，用尽了所带的钱，换得的却是与县城医院一样的结论。桑乔看过不少医书,知道医学上的事。随着结论的一次又一次的相同,他已不再怀疑一个事实:桑桑不久后将离他而去。桑乔已不知道悲哀,只是在很短的时间内,长出一头白发。他总是在心里不停地责备自己对桑桑关注得太迟了——甚至在桑桑已经病得不轻的情况下,还为了那点荣誉凶狠地毒打了他。他对桑桑充满了怜悯与负疚。

"这种病反而可能会被一些偏方治好。"抱着这一幻想,桑乔买了一些他深知是无用的药,领着桑桑又回到了油麻地,从此开始了对民间绝招的寻找。这个行动开始后不久,线索就一天一天地增多,到了后来,竟有了无数条线索。就像过去紧紧抓住任何一个可获取荣誉的机会一样,桑乔拼命抓住了这些可以夺回桑桑生命的线索。

在以后的许多日子里,油麻地的人经常看到的情景是:桑乔领着桑桑出门了,或是桑乔领着桑桑回家了。有时,是桑乔拉着桑桑的手在走路;有时,是桑乔背着桑桑在走路。有时是当天出门当天回来,有时则一两天或两三天才回来。归来时,总会有不少人走上前来观望。人们从桑乔脸上也看到过希望,但看到更多的是深深的无望。桑乔的样子一日比一日疲惫,而桑桑也在一日一日地消瘦。到了后来,人们再看到桑乔又从外面领着桑桑回来时，桑乔的表情都有点木讷了。桑乔依旧没有放弃任何一条线索，并且还在一个劲地寻找线索。他的行为几乎变成了一种机械性的行为，能在几天时间里面，就踏破一双鞋底。

油麻地的孩子们并不懂得桑桑的病究竟是一种什么样的病，但他们从桑桑父母的脸上和老师的脸上感觉到了在桑桑的身上究竟发生了什么。当桑桑出现时，他们总显出不知如何看待桑桑的样子而远远地站着不说话。少数几个孩子，如秃鹤、阿恕，会走过来叫一声"桑桑"，但很快又不知道再与桑桑说些什么好了。那一声"桑桑"，声音是异样的，亲切而带了些怜悯。

桑桑发现，他从未像今天这样被孩子们所注意。他有一种说不出的娇气感和莫名其妙的满足感。他哀伤而又甜美地接受着那一双双祝福与安慰的目光，并摆出一副"我生病了"的无力而不堪一击的样子。他忽然文静了，卫生了，就像当初纸月到油麻地小学来读书那会一样。所不同的是，现在，他又多了些娇气与软弱。他心安理得地接受着大家的照顾，用感激而温柔的目光去看着帮助着他的人。他还在断断续续地上课。老师们对他总是表扬，即使他的课堂回答并不理想，即使他的作业错得太多。桑桑也并不觉得这一切有什么不合适，只是稍稍有点害臊。

在无数双目光里，桑桑总能感觉到纸月的目光。

自从桑桑被宣布生病之后，纸月的目光里就有了一种似有似无的惊恐与哀伤。她会在人群背后，悄悄地去看桑桑。而当桑桑偶然看到她的目光时，她会依旧望着桑桑，而不像往常那样很快将目光转到一边去。倒是桑桑把目光先转到了一边。

纸月知道桑桑生病的当天，就告诉了外婆："桑桑生病了。"

从那以后，纸月隔不几天，就会走进桑桑家的院子，或是放下一篓鸡蛋，或是放下一篮新鲜的蔬菜。她只对桑桑的母亲说一句话："是外婆让我带来的。"也不说是带给谁吃的。而桑桑的母亲在与邱二妈说起这些东西时，总是说："是纸月的外婆，带给桑桑吃的。"

那天，桑乔背着桑桑从外面回来时，恰逢下雨，路滑桥滑。纸月老早看到了艰难行走着的他们，冒着雨，从操场边上的草垛上拔下了一大抱稻草，将它们厚厚地撒在了容易打滑的桥上。趴在桑乔背上的桑桑远远就看到了这一切。当桑乔背着桑桑踏过松软的稻草走进校园里，桑桑看到了站在梧桐树下的纸月：她的头发已被雨水打湿，其中几丝被雨水贴在了额头上，瘦圆的下巴上，正滴着亮晶晶的雨珠。

冬天将要结束时，桑桑的身体明显地变坏了。他每天下午开始发烧，夜里睡觉时，动不动就一身虚汗，就像刚被从水中打捞出来一般。早晨起来，桑桑有一种轻飘飘的感觉，仿佛自己不久就会像他的鸽子一样飘入空中。也就在这越来越感无望的日子里，桑乔带着桑桑去外地求医时，偶然得到一个重要的线索：在离油麻地一百多里地的一个叫牙塘的地方，有个老医生，得祖传的医道与秘方，专治桑桑的这种病，治好了许多人。

这天，桑乔领着桑桑再一次出发了。

才开始，桑桑是拒绝出发的。他大哭着："我不去！我不去！"他不想再给自己治病了。这些日子，他已吃尽了无数的苦头。苦药，他已不知喝下了多少碗。他甚至勇敢地接受了火针。一根那么长的针，烧得通红，向他脖子上的肿块直扎了下去……

又是温幼菊将他叫进了她的"药寮"，她什么也没有说，只是像她的奶奶当年那样对桑桑说了一句话："别怕!"然后,就坐在红泥小炉的面前,望着药罐,唱起那天晚上唱的那首无词的歌……

文弱的温幼菊,却给了他神秘的力量。

一路上,桑桑的耳边总能听到那支歌。

随着与牙塘距离的缩短,事情似乎变得越来越有希望。桑乔一路打听着,而一路打听的结果是:那个希望之所在,越来越清晰,越来越确定,越来越让人坚信不疑。人们越来越仔细地向他描摹着那个叫高德邦的老医生的家史以及高家那种具有传奇色彩的医疗绝招。桑乔甚至碰到了一个曾被高德邦治好的病人。那是一个四十多岁的病人,他看了一下桑桑的肿块说:"和我当时的肿块一模一样,也是长在脖子上。"然后他一边向桑乔诉说着高德邦的神奇,一边让桑乔看他的脖子——光溜溜的没有任何病相的脖子。看了这样的脖子,桑乔笑了,并流下泪来。他朝他背上的桑桑的屁股上使劲地打了两下。

而早已觉得走不动路的桑桑,这时要求下来自己走路。

桑乔同意了。

他们是在第三天的上午,走到牙塘这个地方边上的。当从行人那里认定了前面那个小镇就是牙塘时,他们却站住不走了，望着那个飘着炊烟的、房屋的屋顶几乎是清一色的青瓦盖成的小镇。在桑乔眼里，这个陌生而普通的小镇，成了让他灵魂颤栗的希望之城。"牙塘！牙塘！……"他在心中反复念叨着这个字眼，因为，它与儿子的生命休戚相关。

桑桑觉得父亲一直冰凉干燥的手，现在出汗了。

他们走进了镇子。

但仅仅是在半个小时之后，父子俩的希望就突然破灭了——

他们在未走进高家的院子之前，就已在打听高德邦家住哪儿时听到了消息："高德邦头年就已经去世了。"但桑乔还是拉着桑桑，坚持着走进了高家院子。接待他们的是高德邦的儿子。当他听明白了桑乔的来意之后，十分同情而不无遗憾地说："家父去年秋上，过世了。"并告诉桑乔，高德邦是突然去世的，他们家谁也没有从高德邦那里承接下祖上那份医术。桑乔听罢，不知道自己是怎样拉着桑桑的手走出高家的院子的。

当天，桑乔没有领着桑桑回家，而是在镇上找了一家小旅馆住下了。他突然感到，他再也抵挡不住沉重的疲倦。他两腿发软，已几乎走不动路了。

桑桑也疲倦不堪，进了小旅馆，和父亲一道上了床，倒头就睡。

五

桑乔和桑桑回到油麻地小学时,全校师生正在大扫除。地已扫得很干净了,但还在扫;玻璃已擦得很亮了,但还在擦。见了桑乔,从老师到学生,都一脸歉意。因为,一直挂在油麻地小学办公室墙上的那面流动红旗,在这两天进行的各学校互比中,被别的学校摘去了:油麻地小学从外部环境到内部教学秩序,皆一片混乱。昨天,当这面红旗被摘掉后,老师们立即想起了此时此刻正背着桑桑走在路上的桑乔,一个个都在心里感到十分不安,他们甚至有一种犯罪感。因此,今天从一早上就开始整理校园。他们要在桑乔和桑桑回来之前,将油麻地小学恢复到桑乔未丢下工作之前的水平。

桑乔知道了这一切,苦笑了一声。

春天到了。一切都在成长、发达,露出生机勃勃的样子。但桑桑却瘦成了骨架。桑桑终于开始懵懵懂懂地想到一个他这么小年纪的孩子很少有机会遇到的问题:突然地,不能够再看到太阳了！他居然在一天之中，能有几次想到这一点。因为，他从所有人的眼中与行为上看出了这一点：大家都已经预感到了这不可避免的一天，在怜悯着他，在加速加倍地为他做着一些事情。他常常去温幼菊那儿。他觉得那个小屋对他来说，是一个最温馨的地方，他要听温幼菊那首无词歌，默默地听。他弄不明白他为什么那样喜欢听那首歌。

他居然有点思念大家都不愿意看到的那一天。那时，他竟然一点也不感到害怕。因为，在想着这一天的情景时，他的耳畔总是飘扬着温幼菊的那首无词歌。于是，在他脑海里浮现的情景，就变得一点也不可怕了。

桑乔从内心深处无限感激温幼菊。因为，是她给了他的桑桑以平静，以勇气，使儿子在最后的一段时光里，依然那样美好地去看他的一切，去想他的明天。

桑桑对谁都比以往任何时候显得更加善良。他每做一件事，哪怕是帮别人从地上捡起一块橡皮，心里都为自己而感动。

桑桑愿意为人做任何一件事情：帮细马看羊，端上一碗水送给一个饥渴的过路人……他甚至愿意为羊、为牛、为鸽子、为麻雀们做任何一件事情。

这一天,桑桑坐到河边上,他想让自己好好想一些事情——他必须抓紧时间好好想一些事情。

一只黄雀站在一根刚刚露了绿芽的柳枝上。那柳枝太细弱了,不胜黄雀的站立,几次弯曲下来,使黄雀又不时地拍着翅膀,以减轻对柳枝的压力。

柳柳走来了。

自从桑桑被宣布生病之后,柳柳变得异常乖巧,并总是不时地望着或跟着桑桑。

她蹲在桑桑身边,歪着脸看着桑桑的脸,想知道桑桑在想些什么。

柳柳从家里出来时,又看见母亲正在向邱二妈落泪,于是问桑桑:"妈妈为什么总哭?"

桑桑说:"因为我要到一个很远很远的地方去。"

"就你一个人去吗?"

"就我一个人。"

"我和你一起去,你带我吗?"

"那个地方,只有我能去。"

"那你能把你的鸽子带去吗?"

"我带不走它们。"

"那你给细马哥哥了?"

"我和他已经说好了。"

"那我能去看你吗?"

"不能。"

"长大了,也不能吗?"

"长大了,也不能。"

"那个地方好吗?"

"我不知道。"

"那个地方也有城吗?"

"可能有的。"

"城是什么样子?"

"城……城也是一个地方,这地方密密麻麻地有很多很多房子,有一条一条的街,没有田野,只有房子和街……"

柳柳想象着城的样子,说:"我想看到城。"

桑桑突然想起,一次他要从柳柳手里拿走一个烧熟了的玉米,对她说:"你把玉米给我,过几天,我带你进城去玩。"柳柳望望手中的玉米,有点舍不得。他就向柳柳好好地描绘了一通城里的好玩与热闹。柳柳就把玉米给了他。他拿过玉米就啃,还没等把柳柳的玉米啃掉一半,就忘记了自己的诺言。

桑桑的脸一下子红了……

第二天，桑桑给家中留了一张纸条，带着柳柳离开了家。他要让柳柳立即看到城。

到达县城时，已是下午三点。那时，桑桑又开始发烧了。他觉得浑身发冷，四肢无力。但，他坚持着拉着柳柳的手，慢慢地走在大街上。

被春风吹拂着的县城，似乎比以往任何时候都要迷人。城市的上空，一片纯净的蓝，太阳把城市照得十分明亮。街两旁的垂柳，比乡村的垂柳绿得早，仿佛飘着一街绿烟。一些细长的枝条飘到了街的上空，不时地拂着街上行人。满街的自行车，车铃声响成密密的一片。

柳柳有点恐慌，紧紧抓住桑桑的手。

桑桑将父亲和其他人给他的那些买东西吃的钱，全都拿了出来，给柳柳买了各式各样的食品。还给她买了一个小布娃娃。他一定要让柳柳看城看得很开心。

桑桑的最后一个节目，是带柳柳去看城墙。

这是一座老城。在东南一面，还保存着一堵高高的城墙。

桑桑带着柳柳来到城墙下时，已近黄昏。桑桑仰望着这堵高得似乎要碰到天的城墙,心里很激动。他要带着柳柳沿着台阶登到城墙顶上,但柳柳走不动了。他让柳柳坐在了台阶上,然后脱掉了柳柳脚上的鞋。他看到柳柳的脚板底打了两个豆粒大的血泡。他轻轻地揉了揉她的脚,给她穿上鞋,蹲下来,对她说:"哥哥背你上去。"

柳柳不肯。因为母亲几次对她说,哥哥病了,不能让哥哥用力气。

但桑桑硬把柳柳拉到了背上。他吃力地背起柳柳,沿着台阶,一级一级地爬上去。不一会儿,冷汗就大滴大滴地从他额上滚了下来。

柳柳用胳膊搂着哥哥的脖子,她觉得哥哥的脖子里尽是汗水,就挣扎着要下来。但桑桑紧紧地搂着她的腿不让她下来。

那首无词歌的旋律在他脑海里盘旋着,嘴一张,就流了出来:

咿呀……,
咿呀……呀,
咿呀……哟,

哟……

哟哟，哟哟……

咿呀咿呀哟……

登完一百多级台阶，桑桑终于将柳柳背到了城墙顶上。

往外看，是大河，是无边无际的田野；往里看，是无穷无尽的房屋，是大大小小的街。

城墙顶上有那么大的风，却吹不干桑桑的汗。他把脑袋伏在城墙的空隙里，一边让自己休息，一边望着远方：太阳正在遥远的天边一点一点地落下去……

柳柳往里看看，往外看看，看得很欢喜，可总不敢离开桑桑。

太阳终于落尽。

当桑乔和蒋一轮等老师终于在城墙顶上找到桑桑和柳柳时，桑桑已经几乎无力再从地上站起来了……

六

桑桑脖子上的肿块在迅速地增大。离医生预见的那个日子,也已越来越近。但无论是桑桑还是父母以及老师们,反而比以往任何时候都显得平静。桑乔不再总领着桑桑去求医了。他不愿再看到民间医生们那些千奇百怪的方式给桑桑带来肉体的痛苦。他想让桑桑在最后的时光里不受打扰,不受皮肉之苦,安安静静地活着。

在这期间,发生了一件事情:纸月的外婆去世了。

桑桑见到纸月的小辫上扎着白布条,是在小桥头上。那时,桑桑正趴在桥栏杆上望着池塘里刚刚钻出水面的荷叶尖尖。

纸月走过之后,那根白布条就在他眼中不时地闪现。桑桑很伤感,既为自己,也为纸月。一连几天,那根素净的白布条,总在他眼前飘动。这根飘动的白布条,有时还独立出来,成为一个纯粹而优美的情景。

夏天到了,满世界的绿,一日浓似一日。

这天,桑乔从黑暗中的墙上摘下了猎枪,然后反复拭擦着。他记得几年前的一天,桑桑曾望着墙上挂着的这支猎枪对他说:"爸,带我打猎去吧。"桑乔根本没有理会他,并告诫他:"不准在外面说我家有支猎枪!"桑桑问:"那为什么?"桑乔没好气地说:"不为什么!"后来,桑乔几次感觉到桑桑总有一种取下猎枪来去打猎的愿望。但他用冷冷的目光熄灭了桑桑的念头。现在,他决定满足儿子的愿望。他不再在乎人们会知道他从前是一个低贱的猎人。

桑乔要给桑桑好好打一回猎。

打猎的这一天,天气非常晴朗。

桑乔完全是一副猎人的打扮。他头戴一顶草帽,腰束一根布带。布带上挂着一竹筒火药。裤管也用布束了起来。当他从校园里走过时,老师和学生们竟一时没有认出他来。他已一点也不再像斯文的"桑校长"。

走过田野时,有人在问:"那是谁?"

"桑校长。"

"别胡说了,怎么能是桑校长?"

"就是桑校长!"

"桑校长会打猎?"

"怕是从前打过猎。"

桑乔听到了,转过身来,摘下草帽,好像在让人看个清楚:我就是桑乔。

桑桑跟在父亲身后,心里很兴奋。

桑乔选择了桑田作为猎场。

一块很大很大的桑田。一望无际的桑树，棵棵枝叶繁茂，还未走进，就远远地闻到了桑叶所特有的清香。没有一丝风，一株株桑树，好像是静止的。

桑桑觉得桑田太安静了，静得让他不能相信这里头会有什么猎物。

然而，桑乔一站到田头时，脸上就露出了微笑："别出声，跟着我。"

桑乔从肩上取下枪，端在手中，跑进了桑田。

桑桑很奇怪，因为他看到父亲在跳进桑田时，仿佛是飘下去的，竟然没有发出一点声音，倒是他自己尽管小心翼翼，双脚落地时，还是发出了一丝声响。

桑乔端着枪在桑树下机敏而灵活地走着。

桑桑紧张而兴奋地紧紧跟随着。自从他被宣告生病以来，还从未有过这种心情。

桑乔转过头来，示意桑桑走路时必须很轻很轻。

桑桑朝父亲点点头，像猫一般跟在父亲身后。

桑乔突然站住不走了，他等桑桑走近后，把嘴几乎贴在了桑桑的耳朵上："那儿有两只野鸡！"

桑桑顺着父亲的手指，立即看到在一棵桑树的下面，一只野鸡蹲在地上,一只野鸡立在那里。都是雄鸡,颈很长,羽毛十分好看,在从桑叶缝隙里筛下的阳光里一闪一闪地亮,仿佛是两个稀罕的宝物藏在这幽暗的地方。桑桑的心在扑通扑通地跳,让桑桑觉得它马上就要跳出来了,他立即用手紧紧捂住嘴,两只眼睛则死死盯住桑树下的那两只野鸡。

桑乔仔细检查了一下猎枪,然后小声地对桑桑说:"我点一下头,然后你就大声地喊叫!"

桑桑困惑地望着父亲。

"必须把它们轰赶起来。翅膀大张开,才容易被击中。"

桑桑似乎明白了,朝父亲点了点头,眼一眨不眨地看着父亲。一见到父亲点头,他就猛地朝空中一跳,大声叫喊起来:"嗷——!嗷——!"

两只野鸡一惊,立即扇动翅膀向空中飞去。野鸡的起飞,非常笨拙,加之桑树的稠密,它们好不容易才飞出桑林。

桑乔的枪口已经对准了野鸡。

"爸,你快开枪呀!"

桑乔却没有开枪,只是将枪口紧紧地随着野鸡。

野鸡扇动着翅膀,已经飞到四五丈高的天空。只见阳光下,五颜六色的羽毛闪闪发光,简直美丽极了。

桑乔说了一声"将耳朵捂上",少顷,开枪了。

桑桑即使用双手捂住了耳朵,也仍然觉得耳朵被枪声震麻了。他看到空中一片星星点点的火花,并飘起一缕蓝烟。随即,他看到两只野鸡在火花里一前一后地跌落了下来。他朝它们猛跑过去。桑树下,他分别找到了它们。然后,他一手抓了一只,朝父亲跑过来,大声叫着:"爸爸!爸爸!你看哪!"他朝父亲高高地举起了那两只野鸡。

桑乔看到儿子那副高兴得几乎发狂的样子,抓着猎枪,两眼顿时湿润了……

七

田猎后大约一个星期,纸月走进了桑桑家的院子。桑桑不在家。纸月把一个布包包交给了桑桑母亲:"师娘,等桑桑回来,交给桑桑。"

桑桑的母亲打开布包,露出一个书包来。那书包上还绣了一朵好看的红莲。那红莲仿佛在活生生地开放着。

"书包是我妈做的,可结实了,能用很多年很多年。"纸月把"很多年很多年"重重地说着。

桑桑的母亲明白纸月的心意，心一热，眼角上就滚下泪珠来。她把纸月轻轻拢到怀里。桑桑的母亲最喜欢的女孩儿，就是纸月。

纸月走了。但走出门时，她转过头来，又深情地看了一眼桑桑的母亲，并朝桑桑的母亲摇了摇手，然后才离去。

从外面回来的桑桑，在路上遇见了纸月。

桑桑永远改不了害羞的毛病。他低着头站在那儿。

纸月却一直看着桑桑。

当桑桑终于抬起头来时，他看到纸月不知为什么两眼汪满了泪水。

纸月走了。

桑桑觉得纸月有点异样。但他说不清楚她究竟是为什么。

第二天，纸月没有来上学。第三天、第四天，纸月仍然没有来上学。

第四天晚上，桑桑听到了消息：纸月失踪了，与她同时失踪的还有浸月寺的慧思僧人。

不知为什么，当桑桑听到这个消息时，他并不感到事情有多么蹊跷。

板仓地方上的人,似乎也不觉得事情有多么蹊跷。他们居然根本就没有想到要把这个事情报告给上头,仿佛有一对父女俩,偶然地到板仓住了一些日子,现在不想再住了,终于回故乡去了。

过了些日子,桑桑对母亲说出去玩一会儿,却独自一人走到了浸月寺。

寺门关着。四周空无一人,只有寺庙的风铃,在风中寂寞地响着。

桑桑坐在台阶上,望着那条穿过林子的幽静小道。他想象着纸月独自一人走到寺庙来的样子。不知为什么,他在心里认定了,纸月是常常从这条小道上走进寺院的,那时,她心中定是欢欢喜喜的。

桑桑陷入了困惑与茫然。人间的事情实在太多,又实在太奇妙。有些他能懂,有些他不能懂。不懂的也许永远也搞不懂了。他觉得很遗憾。近半年时间里发生的事情,似乎又尤其多,尤其出人意料。现在,纸月又突然地离去了。他不知道,是不是所有的人,都是在这一串串轻松与沉重、欢乐与苦涩、希望与失落相伴的遭遇中长大的。

他在台阶上坐了很久。有一阵,他什么也不去想,就光听那寂寞的风铃声。

八

　　桑桑坚持上学，并背起了纸月送给他的书包。他想远方的纸月会看到他背着这个书包上学的。他记着母亲转述给他的纸月的话——"很多年很多年"。他在心里暗暗争取着，绝不让纸月失望。

　　桑桑比以往任何时候都显得刚强。

　　仲夏时节，传来一个消息，有人在江南的一座美丽的小城看到了纸月与慧思僧人。那小城本是慧思的故乡。他已还俗了。

　　也是在这一时节，油麻地来了一个外地郎中。当有人向他说起桑桑的病后，他来到了油麻地小学。看了桑桑的病，他说："我看不了这个病，但我知道有一个人能看。他是看这个病的高手。"于是，留了那个高手的姓名与地址。

　　桑乔决定再带着桑桑去试一下。

　　那个地方已出了本省。父子俩日夜兼程，三天后才找到那个地方。那个高手已是八十多岁的老人。他已不能站立，只是瘫坐在椅子上,脑袋稳不住似的直晃悠。他颤颤抖抖地摸了摸桑桑脖子上的肿块,说:"不过就是鼠疮。"

桑乔唯恐听错了:"您说是鼠疮?"

"鼠疮。"老人口授,让一个年轻姑娘开了处方,"把这药吃下去,一日都不能间断。七天后,这孩子若是尿出棕色的尿来,就说明药已有效应了。带孩子回去吧。"

桑乔凭他的直觉,从老人的风骨、气质和那番泰然处之的样子上,认定这一回真的遇上高手了。他向老人深深鞠了一躬,并让桑桑也深深鞠了一躬。

此后,一连几个月,桑桑有许多时间是在温幼菊的"药寮"里度过的。

温幼菊对桑桑的父母说:"我已熬了十多年的药,我知道药该怎么熬。让我来帮你们看着桑桑喝药吧。"她又去买了一只瓦罐,作为桑桑的药罐。

红泥小炉几乎整天燃烧着。

温幼菊轮番熬着桑桑的药和她自己的药,那间小屋整天往外飘着药香。

一张桌子,一头放了一张椅子。在一定的时刻,就会端上两只大碗,碗中装了几乎满满一下子熬好的中药。温幼菊坐一头，桑桑坐一头。未喝之前十几分钟，他们就各自坐好，守着自己的那一碗药，等它们凉下来好喝。

整个喝药的过程，充满了庄严的仪式感。

桑桑的药奇苦。那苦是常人根本无法想象的。但是，当他在椅子坐定之后，就再也没有一丝恐怖感。他望着那碗棕色的苦药，耳畔响着的是温幼菊的那首无词歌。此时此刻，他把喝药看成了一件悲壮而优美的事情。

七天后，桑乔亲自跟着桑桑走进厕所。他要亲眼观察桑桑的小便。当他看到一股棕色的尿从桑桑的两腿间细而有力地冲射出来时，他舒出一口在半年多时间里一直压抑于心底的浊气，顿时变得轻松了许多。

桑乔对温幼菊说："拜托了。"

温幼菊说："这将近半年的时间里，你们，包括纸月在内的孩子们，让桑桑看到了许多这世界上最美好的东西，他没有理由不好好吃药。"

一个月后，桑桑的脖子上的肿块开始变软并开始消退。

就在桑桑临近考初中之前，他脖子上的肿块居然奇迹般地消失了。

这天早晨，桑乔手托猎枪，朝天空扣动了扳机。

桑乔在打了七枪之后,把猎枪交给了桑桑:"再打七枪!"

桑桑抓起那支发烫的猎枪,在父亲的帮助下,将枪口高高地对着天空。

当十四声枪响之后,桑桑看着天空飘起的那一片淡蓝色的硝烟,放声大哭起来。

桑桑虽然没有死,但桑桑觉得他已死过一回了。

桑桑久久地坐在屋脊上。

桑桑已经考上了中学。桑乔因为工作的出色,已被任命到县城边上一所中学任校长。桑桑以及桑桑的家,又要随着父亲去另一个陌生的地方。

桑桑去了艾地,已向奶奶作了告别。桑桑向蒋一轮、温幼菊、杜小康、细马、秃鹤、阿恕……几乎所有的老师和孩子们,也一一作了告别。

桑桑无法告别的,只有纸月。但桑桑觉得,他无论走到哪儿,纸月都能看到他。

油麻地在桑桑心中是永远的。

桑桑望着这一幢一幢草房子,泪水朦胧之中,它们连成了一大片金色。

鸽子们似乎知道了它们的主人将于明天一早丢下它们永远地离去,而在空中盘旋不止。最后,它们首尾相衔,仿佛组成了一只巨大的白色花环,围绕着桑桑忽高忽低地旋转着。

桑桑的耳边,是好听的鸽羽划过空气发出的声响。他的眼前不住地闪现着金属一样的白光。

一九六一年八月的这个上午,油麻地的许多大人和小孩,都看到了空中那只巨大的旋转着的白色花环……

一九九七年十二月二十五日写于北京大学燕北园

(节选自长篇小说《草房子》第九章)

名家点评

曹文轩深谙文学艺术的特征是借着生动的艺术形象,以情感人。正如他自己说的,小说,包括儿童小说,万不能离开"情"这个轴心。《草房子》这部二十万字的小说,没有刻意去编织一个起伏跌宕、曲折动人的故事,而是以优美细腻的抒情笔触回叙了农村少年桑桑已逝去的六年小学岁月,生动地描述了他在那段时间里所接触的平平常常而又色彩斑斓的、曾对他的成长产生过潜移默化影响的那些人和事。

中国作家协会原书记处书记,儿童文学评论家　束沛德

曹文轩以自己的小说传达了少年时代这个人生最重要的阶段的生命感觉。他用个体的生命感觉诠释了人类共有的生命感觉。如此一来，归属于儿童文学的作品顺理成章地成为成人读物。是的，我们每一个人都该读读《草房子》《红瓦》《山羊不吃天堂草》，尽管我们有着各自与众不同的评判好小说的标准，尽管它们有浓郁的乡土味、有醇厚的古典味，还有不太让人适应的悲悯气息。其理由是，我们或在少年、或曾在少年，或既曾在少年现又有儿女在少年。曹文轩的小说很好读，能让你一路畅快淋漓，但读后的滋味不太好受。它让你回望到了自己的那段也许久已尘封却无法忘却的痛，一种生命在孤独、悲怆、挣扎、挤压下成长的痛。推而言之，这何尝又不是人一生中无从躲闪的痛。事件、方式、过程不尽相同，可痛的感觉是相同的。因为痛的存在，人的生命才有了真正的意义。能感觉到痛，有时是一种幸福。读曹文轩的小说，需要勇气和豁达——那种将伤口看成是一朵美丽的花一样的勇气和豁达。

文学评论家，作家　北乔

曹文轩创作谈：

文学的古典与现代，仅仅是两种形态，实在无所谓先进与落后，无所谓深刻与浅薄。艺术才是一切。更具悖论色彩的是，当这个世界日甚一日地跌入所谓"现代"时，它反而会更加看重与迷恋能给这个世界带来情感的慰藉，能在喧哗与骚动中创造一番宁静与肃穆的"古典"。我在理性上是个现代主义者，而在情感与美学趣味上却是个古典主义者。《红瓦》顺从了后者。

长篇

红瓦(节选)

大串联

一

这个世界变得像一口快戽干了水的池塘，满塘的鱼露出了一线线青色的脊背，于是这些鱼全部开始急匆匆地游动起来。在一些稍深的水道上，它们形成细长的队伍，挤挤挨挨，其游动状，使人深解"鱼贯而行"这一短语的本意。与惊慌的鱼不同的是，这个世界上的人，在行动中充满抒情和兴奋的意味。

那年秋天，我们十几个人由邵其平带队，开始了大串联。虽然已晚了一些时候，但依然欢喜不已。我长那么大，除了去过几趟几十里外的县城，还未出过远门。外面的世界只是在我的想象里出现过。人要出门的欲望大概是与生俱来的。小孩会走路了，就要往门外跑。这一点，人跟鸟并无两样。鸟要出窝，要远飞；人要出门，往远处走。大串联，满世界窜，真可人意！毛泽东，做成许多轰轰烈烈的事情，这成功的奥秘之一，就在于他能善解人意，能投合多数人的某些欲望。有时他似乎不太在乎结果，而沉湎于某种过程中的快感。所以他一次又一次兴致勃勃地搞运动，并把他的想象力发挥到极致。

这大串联着实迷人。

到处是歌声："我们都是来自五湖四海……""世界将是你们的……"空中漫卷红旗，一个个都雄赳赳地走路。一支队伍又一支队伍，在田野上流过，在街道上流过。总见到人群，世界一下子拥挤起来。

我们是一支小小的队伍，并且是迟出发的队伍。与那些大队伍相比，我们的队伍太清瘦，一个个又蒙头蒙脑的。我们都会发呆——见那些队伍发呆，见一切未见过的情景都发呆,因此不断地丢失人,害得邵其平命令大家原地站着不动,然后由他回头去把那丢失的人找回来。有时候很难找,并且找了这个又可能丢失那个。邵其平一路埋怨我们没见过世面,像雨天里爱赶雨点的黄毛鸭子,说领着我们出来真是活受罪。为了防止丢失和便于丢失后寻找,他在我们即将坐长途汽车去江边小城南通之前,给我们一人买了一只灌了水一吹就嘀溜溜鸣叫的小瓷鸟,并告诉我们:"谁丢了,就站在那儿吹,声音大点。"我们都觉得这个办法很有趣。这鸣啭还很动人,如绿叶间的真鸟一般,即使人没走丢,走在队伍里也吹,引得路人都朝我们望。这鸣啭就这样不时地混杂在那些雄壮的、尽力气唱出的歌声里,显得很有趣。邵其平笑嘻嘻的。

我们这支队伍里有马水清、陶卉、丁玫等十多人。

现在想起来,我当时的样子一定很可笑。瘦了吧唧的,戴一顶折断了帽檐的绿布帽子,裤管短短的,背了一张只从中间捆了一道绳的大红花的被子(还打了补丁),眼睛很亮,却又很傻地打量这个陌生的世界。这支队伍当然也可笑,因为他们几乎都是我这副模样。再加上一面屁股帘大的小红旗被高高地举着,在风中刷刷地飘扬,自然就更可笑了。

我们走得很得意,把脚抬得很高,然后很重地将它砸在地上。人的心情总要影响到脚步。换个角度说,看人的脚步就能看出人的心情。脚步比脸上的表情可能更可以明确地透露人的心情。那时,许多人的脚步是一样的——一种充满了豪迈感、庄严感的脚步。这脚步在阳光下,在夜空下响着,成了一段岁月的音符与象征。

串联对我们的胃来说,也是一种叫人惬意的事情。

饥饿,是我十八岁之前的重要记忆之一。"人为财死,鸟为食亡。"这句话倘能成立,一定得有一个前提:人已经吃饱了。如果人未吃饱,如鸟一样饥饿,也会像鸟一样为食而亡的。饥饿极为可怕。它是一种到了极限时见石头都想啃的欲望。它能使人失去志气和尊严,从而使人变得猥琐,在心头笼上挥之不去的羞耻。我偷过人家瓜地里的瓜,摘过人家枣树上的枣,吃过人家的残羹剩饭。我还曾溜进人家的厨屋,揭开锅盖,用手抓过人家的米饭,并且就在把手捂在嘴上时,这家人家的主人走进了厨房。从此,我便永远也摆脱不了一双睁大了的、盯着我不动的鄙夷的眼睛了。我吃过一回糠,一回青草。糠是如何吃的,记不得了。青草是我从河边割回的。母亲在无油的铁锅中认真地翻炒,说是给我弄盘

"炒韭菜"吃。十五天才能盼到一顿干饭。所谓的干饭只有几粒米，几乎全是胡萝卜做成的。整天尖着嘴喝稀粥。如今回老家时，总觉得那地方上有太多嘴长得尖尖的人，并且，我无端地认为，这样的嘴就是当年喝稀粥喝成的，而如今成了基因，一代一代地留传下来。我最不耐烦的季节是春天。青黄不接，春日又很长，似乎漫无尽头。春天的太阳将人的毛孔一一烘得舒张开来，使人大量耗散体内的热量。饥饿像鬼影跟踪着人，撵着人。我巴望太阳早点沉没，让夜的黑暗早点遮住望见世界的渴望的眼睛，也遮住——干脆说扼死——饥饿的欲望。毋庸讳言，我日后永远不敢忘记马水清，这与在那样困窘的日子里，他不断请我吃猪头肉，并时常让我到他家小住改善伙食是有一定关系的。

我没有想到，串联居然让我们解馋。我们每到一处，都有人接待，并且每顿都有肉吃。我们围坐一桌，牢牢地围住一只盛有青菜和肉片的大盆子，真让人激动。我们吃得极勇猛，只见无数根筷子在盆里搅动着，像某个地方的宗族之间棍棒交加的相斗。

只有陶卉，很文雅地坐着，轻易不伸筷子，只把碗里的饭慢慢拨弄到嘴里。她家的日子一直过得很好。这从她白里透红的脸色可以看出来。

大盆子里很快就剩了汤,于是便有几双筷子失望而又不屈不挠地在里面捞着,捞得让我和马水清都觉得讨厌。比我低一个年级的一个大个子,总是最后一个离开那大盆子。他那种打捞极丑陋:眼珠子瞪得大大的,仿佛要掉进盆里去。每每总在我们离开桌子后不久,听见他在背后惊喜地叫一声:"我又捞到了一块肉!"

我们一路吃下去,把嘴吃得油光光的,没过几天,就长胖了一些。最好的是上海。关于大串联,我有许多事情已忘了,但上海某大串联接待站(这个接待站似乎在小西门一带)招待我们的红烧肉却至今不忘。我很奇怪,人的记忆居然还能几十年不忘地记住某种气味。后来去过上海多少次,都想吃那个接待站烧出的那种红烧肉,可终于没有能够如愿。

那种红烧肉无疑是我若干个美好记忆中的一个。

二

长途汽车颠簸了八个小时,我们也唱了八个小时。汽车跑得满身尘埃,直喘气,我们也唱得没力气了。傍晚到了南通。

无数支江北的串联队伍汇集于南通，都要从这里过江。这江边小城都快挤爆了。然而队伍必须开到这里——南通港是通往江南的大港。

邵其平领着我们这支疲惫的队伍到处投宿，但所有的接待站都说他们再也无力接待了。一直奔波到夜里10点钟，我们才在一所中学找到了一小间房子。这间房子里还没有床，只有用稻草铺成的地铺。

因为只有一间房，男女生今宵只能同室而眠了。

面对这样一个意想不到的事实，我一点也说不清楚自己当时到底是一种什么样的感觉。

邵其平说："对面有个自来水龙头，大家都拿了毛巾出去擦一擦脸，然后赶紧打开被子睡觉。"

陶卉出生于医生家庭，父亲陶国志是油麻地镇卫生院的院长，她自然比一般女孩爱干净，在自来水龙头下仔细地擦洗了很长时间。我今天出了很多汗，浑身黏糊糊的，打算好好擦洗一下自己，便在一旁站着，等她用完水。她大概觉得终于擦洗干净了，把小辫解下来，让头发蓬松开来，在头发蓬松开来的一瞬间，让人觉得有一朵黑色的花在灯光下开放。她用毛巾将头发一遍一遍地搓擦了一会儿，然后轻轻地甩甩头，把头发全都甩到后面去。那头发有几缕依然沾在脸上，她微微仰起脖子，挺起胸脯，用手将头发往后捋了几下，这才离开水龙头。

等她离去十几步远后，我才走近自来水龙头。反正没有人了，我脱了上衣，脱了鞋袜，挽起裤管洗起来。天有点凉，水也有点凉，洗得呲呲哈哈的。特别是当水淋淋的毛巾擦到胸脯和背上时，总不免一激灵，在地上跳起来，像被人胳肢了似的。

有脚步声。

我掉头一看，见陶卉搬了张小凳子，又走来了。我为我瘦削的光脊梁(根根肋骨，清晰可数)害臊起来，没把水珠擦干就慌忙穿上衣服。

陶卉大概看见我了，在十几步远的树底下站着。

我拿了毛巾，拎了鞋，暂且跑到一边，将水龙头给她让出来。

她以为我洗完了，走了，便走到自来水龙头下，把水拧得小小的，像一线檐上垂下的雨水那样流着，然后脱了鞋袜，挽了裤管，坐在小凳子上，把双脚伸到水下。微暗的灯光下,那双脚泛着朦胧的白色。她把两只脚互相交叉着轻柔地搓擦着,那白色便一闪一闪的,像早春时的雨幕中,池塘边的水草里两条嬉闹的白条鱼。

我赤脚立在潮湿的砖地上,觉得很凉,身子微微地打哆嗦。我的脚还没有洗。然而陶卉却是不慌不忙地洗她的脚。这女孩太爱干净。我想将脚在裤管上擦擦穿上鞋算了,可心里又通不过。我只好哆嗦着一直等她洗完离去。

我的脚洗得很认真,手指在脚丫间来回搓,发出清脆的咯吱咯吱声。我仰望着异乡的月亮,让脚淋着凉水,心里头有一种特别的好感觉。我慢悠悠地消受着,没想到在那间临时下榻的小屋里,有一番尴尬在等待着我——

地方实在紧张,十几个人必须一个挨一个地睡,谁也不能指望宽松。男生和女生达成一种默契,要闹我和陶卉。

我进屋时,他(她)们都已一个挨一个睡下了,只在男生与女生之间留下一小块地方。陶卉正在撵夏莲香起来,而夏莲香死死抱住另一个女生的胳膊不松,陶卉便红着脸用拳头捶着夏莲香的肩膀。

一见到那块空隙,我马上意识到这是一场"阴谋"。

睡在边上的马水清朝我一笑,将被子拉上蒙住了脸。

"大家抓紧时间休息!"靠墙壁睡的邵其平说。

陶卉大概想到自己再去撺夏莲香反而会造出更大的效果来,又见我站在那儿不动,便装着没事的样子将自己的被子铺开,然后大大方方地脱去外衣,钻进被窝,面朝夏莲香睡下了。

"林冰,快睡觉!"姚三船说。

"电灯晃眼,快熄灯!"刘汉林跟着说。

"我困了,林冰别影响我们休息好不好?"马水清的声音是从被窝里发出来的。

我企图在姚三船和刘汉林之间挤下去,但还是被他们挤出来了。

"林冰,都颠了一天了,你哪儿来的这么大的精神?还闹什么?快睡觉!"邵其平大声说。

我又想在马水清和谢百三之间扎下去,刚要扎,马水清就大惊小怪地叫了起来:"哎哟!邵老师,林冰他还闹!"

邵其平已睡下了,坐起身来,"林冰,你是怎么回事?你给我立即躺下去!"

我毫无办法,只好极小心地在陶卉与马水清之间的一小块极狭小的空隙里放开自己的被子,紧紧地贴着马水清躺了下去。

刘汉林从被窝里钻出来，缩着身子跑过去，咯嗒一声拉掉了电灯的开关。

黑暗之中，我陷入了孤立无援的煎熬。我侧着身子，一动也不敢动。

"别挤我！"马水清用手捏了我嘴巴一下。

我揪住他大腿上的肌肉，咬着牙狠狠死掐了一下，并小声警告他："丁玫在！"

与此同时，我听见身旁有拳头捶击身体的声音。我猜得出，这是陶卉在用拳头捶夏莲香的脊背。

我承认我容易害羞，也害怕害羞。我爱红脸，在18岁之前，一直有"大姑娘"与"公丫头"的外号。害羞是一种让人激动又让人无法承受、恨不能钻进地缝里去的心理状态。它忽然而来，如雷电的袭击，让你顿时低垂下脑袋，然后直觉得血液呼啦呼啦往脑袋上涌，并立即注满大脑，使大脑变得愚拙，运转不了，失去思想和应付的话语。厉害时，如梦魇一般，纵然拼命挣扎，也都是徒劳。我恐惧鬼怪，也恐惧害羞——恐惧害羞甚至甚于恐惧鬼怪。我无数次地逃避着它，也多少次在害羞过去之后思索自己如何获得疗治害羞的良方。我真羡慕那些与女孩大大方方地说话甚至一起嬉闹却无半点隔阂和不自然的男孩们。我也曾多少次暗鼓勇气，要与女孩——与陶卉说话。然而终于没能做到。我的童年、少年，甚至是在二十五岁之前，都是在逃避害羞中度过的。至今我也不明白，为什么从小学一直到大学，我始终经常地被周围的人将我的名字与某个女孩的名字放在一起闹，让我受着害羞的煎熬。

一天的颠簸真使他们疲倦了，不一会儿，我就听到了鼾声，即使要从别人的害羞中获得某种心理满足的马水清们，也被困倦占了上风，陷入了沉睡。

我无法入睡。我在害羞中。

屋里的气味是混合的，有男孩与女孩的气味，有稻草暖烘烘的香味与尼龙袜特别的臭味，似乎还有从某条被子上散发出的尿臊味和从某条被子里散发出的淡淡的血腥味。但，我还是清晰地闻到了与这大气味不一样的一种小气味——那是从陶卉身上轻轻飘散出来的——我实在离她太近了。那气味淡淡的，笼罩在我的周围。那是一种类似于母乳的人体的气味，微微有点腥，但却甜丝丝的。在这气味里，还含着香皂和头发散发出的特有的难以类比的味道。

我压低了自己的呼吸声。我仿佛觉得有人在注意我的呼吸声。

顶头,邵其平鼾声大作,紧一阵,慢一阵,高时如登峰巅,低时如坠深渊,让人感到有点害怕。一个女生在睡梦中哭起来,并模模糊糊地说了些挺温柔的话,像对母亲说些什么。谢百三唱了一句"大海航行靠舵手",然后将腿跷到了刘汉林身上。刘汉林在睡梦中感到了重压,便伸出手来推掉了谢百三的腿。然而过了不久,谢百三又顽固地将腿搁到了刘汉林身上。刘汉林大概实在太困了,便麻木地接受了这一重压,但呼吸显得有点急促起来。不知是谁在磨牙,像是充满了仇恨,又像是在咬断一根铁丝,声音极可怕。比我们低一年级的那个捞肉块的男生似乎在极遥远的地方说着:"我要尿尿,我尿啦,我尿啦……"

睡着的人真可笑。

我有片刻的时间,忘记了害羞。

不远处的大江上,传来了江轮的汽笛声。那笛声仿佛是经过了几个世纪后才传到的,苍茫而悠远。窗外的梧桐树叶沙啦沙啦的,衬托着夜的寂静。一轮硕大的月亮正临窗口,月光透过树叶间的空隙,洒进屋里。

现在，我的两侧都是呼吸声。我静静地聆听着。在这片青春的熟睡中发出的声音里，我发现男孩与女孩的呼吸声竟然是那样地不同。男孩的声音是粗浊有力的，显得有点短促，让人有点不放心，其间总夹着一些杂音和压抑住的叹息，加之睡梦中的一些放肆的动作，显得缺少了点教养。说心里话，我不习惯听这样的呼吸。由此我想到了自己熟睡后的声音：大概也是很不像样的？女孩的呼吸是温柔的细长的，几乎是无声的，像秋天树叶间晃动的阳光，又像是薄薄的流水。这种声音神秘而可爱，并令人神往。

我感觉到陶卉也已入睡。我屏住呼吸听了一阵，认定她确实已经睡着之后，才慢慢地、试探着将自己的身体放平——我的一侧肩膀已经被压麻。这样，我的左耳离她的呼吸声更近了。我的左腮觉察到了一团似有似无的热气。她的呼吸声均匀而纯净，比其他任何一个女孩的呼吸声都要细长，犹如春天寂静的午间飘飞着的一缕游丝。偶尔也会有微微的喘气，但总是很快又恢复到一种平静的节律上。她睡着，但，是睡在梦里——无邪而明净的梦里。呼吸间，她的唇里、鼻子里散发出一种来自她体内的不可言说的气息。

我忽然微微颤抖起来，紧紧地闭上了眼睛只觉得脸滚烫滚烫的。

我感觉到了她的心跳和她身体的温热。她有时会咂巴咂巴嘴,像摇篮中的婴儿于睡梦中的咂嘴。这声音就在我耳边。我向马水清紧紧地靠去,像躲让着慢慢浸过来的水。

月亮越来越亮。当我把眼珠转动到一边时,我看到了陶卉的面孔。我看到了,从未有过如此真切。平素我是不敢打量女孩的面孔的。因此所有女孩在我的头脑里都是一种轮廓,一种大概的印象与感觉。她的脸泛着乳白色的亮光,脸的一圈被月光照得毛茸茸的。她的一只眼睛在鼻梁投下的阴影里,而靠我的那一只,却在月光里静静地十分清晰地显示着。它自然地闭合着,只有弯弯的一道黑线。有时,它会微微地抖动一下。薄薄的微红的嘴唇,此时也闭合着。

她大概觉得有点热了,用手将被头往下推了推,于是露出了两个肩胛。当我看到一件印着小朵粉红花的布衬衫时,我的呼吸急促起来。怕人听出来,我便将嘴张大。我的心跳得很凶,很有力。我觉得我的被子下仿佛有一颗一伸一伸的拳头,不住地将被子顶起。我痛苦地闭着双眼。

我从心底里盼望着天亮。然而夜却是一寸一寸地缓缓移动。我有一种被囚禁的感觉,一种被压迫的感觉,一种承受不了的感觉。

我想小便,但不敢动弹,只好憋着。我尽量让自己想些其他事情。

我两侧的人越睡越沉。我又羡慕他们,又忌妒他们。

江上又有汽笛声。

我终于感到了困倦,紧张的躯体开始慢慢松弛。睡意开始漫上来。我从心底里感激它终于到来了。它越变越沉重,害羞渐渐地变得没有力量。不一会儿,我便觉得脑子朦胧起来。然而,就在我即将进入睡眠状态时,熟睡的陶卉向我侧过身子,并将一只细长的胳膊很自然地放到了我的脖子上。她的胳膊在空中挥动过来时,衣袖已滑落到臂根部,因此,搭放在我脖子上的胳膊是一只赤裸的胳膊。我闭着双眼,几乎快要窒息过去了。我的心扑通扑通乱跳,如同急促的鼓点一般。

陶卉却很舒坦地保持着这样一个姿势,仿佛要将这种姿势一直持续到天大亮,使所有的人都能看到。

我渐渐镇定了一些。嗡嗡的脑袋也渐渐静寂下来。直到此时,我才对那只胳膊有了清晰而细微的感觉:光滑、细腻、柔软,凉丝丝的像块绸布。月亮特别亮,这只自然弯曲的胳膊清清楚楚。我承认，我以后再也没有见过这样如初出水面的鲜藕般的胳膊。

我不可能入睡，除非她将胳膊拿开。

她的胳膊突然地颤动了一下，但又停止了，仿佛她是突然醒来，在疑惑着她的胳膊此时究竟搁在什么地方。我很快感觉到，她真的醒了，并知道了自己的胳膊现在何处。她的胳膊微微发颤，然后极轻极轻地抬起来。她以为我睡着了。我也想使她相信我真的睡着了，让她知道我什么都不知道，便轻轻地打着鼾，并在嘴里发出糊里糊涂的梦呓。我虽然闭着眼睛，但我完全能够感觉到她的胳膊在离开我的脖子后，她是突然地将它收回被窝里去的。

我依然轻轻地打鼾。

当我再微微睁开眼睛时，我发现陶卉穿上了外衣，坐在被窝里。她不敢再睡了。

我在心底里无由地产生了一股歉意和不安。

我似睡非睡地熬到了天亮。

陶卉早早起床了。为了使她相信我确实什么也不知道，我故意在很多人已起床之后还呼呼大睡。

起床期间，有两个发现：一是低我们一个年级的那个男生尿床了。尽管他想掩饰(他唱着"世界是你们的"),但无济于事,因为大家除了闻到了浓烈的尿臊味外,还看到了被子上的一块脸盆大的湿痕。二是一个男生突然惊讶地对一个正在叠被子的女生尖叫起来:"不得了啦,你被子上有一块血!"那女生立即将被子合上,而那个男生却还在叫:"血!血!"邵其平走过来,在那个男生后脑勺上猛一击,"出去!"后来几天,那个女生一直低着头。

我就是在那个男生的尖叫声中趁机"醒"来的。

这一天,陶卉一见到我,脸就忽地一下红起来。我装着没有看见,装着不知夜里的情况,与马水清他们打打闹闹地玩。

三

整个江北世界的人仿佛都涌到了南通,并且都要过江。南通城的大街小巷,人头攒动,像排列在罐头里的竹笋。城都快撑破了,但城外的许多条通道上,却还有队伍源源不断地开来。

我们在南通滞留了三日,才得到一张集体船票。

轮船码头上翻滚着人潮。每个人的脸上都写着:"我要过江去!过江去!"仿佛身后偌大一个世界,将会于不久的某一顷刻塌陷下去,他们必须不顾一切地登上那只巨大的白色江轮。

江水滔滔,那艘江轮稳如岛屿地停泊于江边。江上天空一片迷茫。

这江边既给人绝望的感觉,又使人觉得前方有无限的希望。

歌声被喊叫声代替了。其间还夹杂着哭叫声。那些旗帜在空中乱舞,有时成为打架的武器。随着江轮拉响的沉重的汽笛声,人群更为紧张地往江轮挤去。

我们混杂在人群里,不一会儿工夫就被冲散了。我听见邵其平在大声叫着:"油麻地中学的学生上了轮船后,在大烟囱下集合!"那意思是,在上轮船之前就各人顾各人吧。随即,我听到鸟鸣声从不同方向传来。其中一个声音就是在离我丈把远的地方发出的。然而,我很难搞清楚究竟是谁在吹那瓷鸟。我也吹响了我的瓷鸟,向他呼应着。我们双方不停地吹着。在这陌生的人群里,这鸟鸣声使我少了几分惊慌。起先,我们的鸟鸣声里还有着寻觅伙伴的焦急,呼应一阵之后，我们的心踏实了，鸟鸣便变成了一种互相都能领会的唱答。在这混乱的人群里，我们居然获得了这样一种特别的情趣，心里很快活。但过了不一会儿，那个鸟鸣声便渐渐地离去了，并且越来越远。我从那鸟鸣声里感觉到他对这种分离是多么地慌张。我甚至能想象出他那副眼中充满无望和马上就要哭出来的样子。

我再也听不到一声鸟鸣了。我独自将那瓷鸟吹了一阵，见毫无呼应，自觉无趣，心里又想着别让自己被耽搁在码头上，便把瓷鸟揣进怀里，集中精力往江轮靠近。凭着天生的机灵劲，我像一条泥鳅在人与人的缝隙里敏捷地向前钻着。我的四周，是浓烈的汗臭味。我自己也流汗了，汗水淹痛了眼睛。鞋几次被踩掉，我几次弯腰提鞋，几次差点被踩倒。挤到后来，我实在没有力气了，身体疲软地夹在人群里，张着大嘴吸气，被动地由人群将我一步一步地向江轮推去。

我当然登上了江轮。上去之后，我就拼命往上钻，一直钻到最上层。当我扶着栏杆往江边看时，只见人潮还在不停地往江轮涌动。我卸掉铺盖卷，敞开衣服，让江风吹着。居高临下，俯瞰人流，我心中满是自豪，觉得自己比别人能干。

往江轮的活动舷梯突然关闭了——江轮已经超负荷，不能再继续载人了。不一会儿，江轮在汽笛中缓缓离开了码头。

望着无数条挥动的胳膊，我突然紧张起来：马水清他们不知登上了江轮没有？于是我掏出瓷鸟，一边吹着，一边往大烟囱下匆匆挤去。

大烟囱下站了许多人，我找来找去，就是不见油麻地中学的人。我就像要被人杀了似的大声喊叫起来："邵老师！——""马水清！——"没有回答。我突然觉得自己是一只离了鸭群的鸭子，独自漂浮在茫茫的大水中——当它环顾四周，在水面上乱转一气依然不见鸭群的踪影时，便一动不动地浮在了水上，只是一声接一声地叫着。我也一声接一声地叫着，叫着邵其平，叫着马水清，叫着谢百三、姚三船、刘汉林，甚至最后一个叫到了陶卉。

几个大学生被我叫烦了，冲着我嚷："你喊叫什么？！"

我不喊了。将铺盖卷放在甲板上，然后一屁股坐在上面，呆头呆脑地望着那一条条在眼前晃来晃去的腿。

"也许他们还在下层舱里。"我背起铺盖卷，吹着瓷鸟，在下面的三层舱里来回找着。我觉得有许多人在看我，他们准把我当成一个疯子了。我也顾不得这些，依然顽梗地将那瓷鸟吹下去，直把嘴吹得有点发麻。

我又重新回到了大烟囱下。我所看到的，依旧还是一张张陌生的面孔。我已浑身疲乏，就把铺盖卷放在甲板上坐了下来。我将脑袋伸在两根栏杆中间，失神地望着浑浊的、翻滚着的江水。不知是谁扔下一张报纸，只见它在空中飘了很久，才落到了江面上。过不一会儿，就再也看不到它了。在江轮的上空，一条灰黑色的烟带往船艄的方向飘动着，直到与灰暗的云空融合在一起。四处茫茫皆不见，江轮仿佛在一片永不能到达彼岸的汪洋中行驶。

我靠在冰凉的栏杆上，无声地哭了起来。当几颗泪珠跌落下去时，我便用蒙眬的眼睛追着它们。它们被江风吹得歪歪扭扭的。当我终于不能见到它们时，便心想：它们大概需要多久才能落进江水？

我让自己的心悲凉起来——这是我二十岁之前最喜爱做的一件事。当我被母亲骂了一顿或被父亲打了一顿之后，当我独自一人坐在门槛或河边上时，便会很舒服地品尝这种情感，让心酸酸的，鼻子酸酸的，让眼泪汩汩地流出来，流到嘴里。然后，我仔细地尝着泪水的咸味。

现在，我觉得自己很孤独，很可怜，很惨，是天下一个大不幸的人。我居然哭出声来，哭得泪水汪满眼眶，把不远处一根栏杆看得有柱子那么粗。

"这个人在哭。"一对男女从我身边走过，女的对男的说。

我这才想起周围有那么多人。我把嘴里的眼泪吞进肚里，把脸上的眼泪擦干，把身子收缩成一团，完全面对着大江。这时，我希望能看到江上有所谓的江猪出现。在我的头顶上，也有人在议论江猪。一个人说："你看远处，在江上一拱一拱的，不是江猪吗？"我便往远处看，心里陡生一个惊奇：真是江猪！我盯着它看——看久了，觉得它不过是一个浪头。在我头顶上，也有一个人说："狗屁的江猪，是个浪头！"于是，我心里很失望。

天色慢慢地暗了下来，江上的风也大了起来，在船舷旁呼呼地响。几只精瘦的海鸥在船艄后的浪花上一掠一掠地飞，像江上灰黑的幽灵。江轮四周，越来越苍茫了。

我觉得身上凉丝丝的，心不禁又酸起来。

许多人开始吃饭，我闻到了饭菜的香味。我感到肚子很饿，便伸手到怀中掏钱。我的口袋里只有两块钱。父亲共给我十块钱,还有八块钱在邵其平身上——我怕将钱丢了,就像其他同学一样,把大部分钱交给了他,由他代为保存。我把那两块钱掏出来看了看,又放进口袋里。我只有这两块钱了,是不能花掉的。我咽了咽唾沫,用双膝顶住了肚皮。

我背着铺盖卷,又像个流浪者,在江轮上到处溜达。当我再重新回到大烟囱下时,天已黑了。

江轮在黑暗中航行,更给人一种无边、无伴、无家可归的感觉。黑夜很奇特。人在天一黑时,就有了归家的欲望,就企盼有熟识的人相伴于身旁,它比白天更容易使人觉得凄凉。这种感觉,我曾有过,但从未像今天这样强烈。我在心中一遍一遍地希望着邵其平他们的出现。

我坐在铺盖卷上,掏出那只瓷鸟吹起来——这纯粹是出于一种侥幸心理。然而做梦也没有想到奇迹竟然出现了:在船艄方向,有鸟鸣声呼应着!虽然离得很远,但我听得清清楚楚。我立即跳起身来,连铺盖卷都忘了,一边使劲吹着瓷鸟,一边疯了一般往船艄跑。

鸟鸣声越来越近。我感觉到对方也正朝我跑过来。

"肯定是我们的人!"当这一判断在我脑海中生成时,我几乎兴奋得想一头撞在舱板上、或跪在甲板上。

一盏明亮的灯照着通道。

我看见一个女孩朝我跑来。

"陶卉!"我停住脚步大声叫了起来。

同时,我听到她的叫声:"林冰!"

我们走近了,两人都低下头哭了。

我哭了一阵,不好意思起来,转过身去用衣袖擦去泪水,问:"就你一个人?"

陶卉把两手交叉着放在身前,朝我点点头。

"你是怎么上来的?"

"我被挤到了一群大学生的队伍里,是他们把我夹在中间,把我带到船上的。"

"我上船后一直在找我们的人,怎么一直没遇到你呢?"

"我也一直在找。我去过大烟囱下面好几次……"

这么大的船,你走左边我走右边,你到船艄我到船头,你到下层我到上层,互相碰不着,也是很自然的事情。如果就在大烟囱下死等就好了。我们不由得都后悔起来。

我们一起走到了大烟囱下。也许还能等到一个我们的人。

我们在相距四五步远的地方分别坐下来。两人无话可说，且又不敢互相正视，只沉默着把头低着或偏向一边。

夜深了，甲板上的人一一离去，钻到船舱里边去了——那儿暖和一些。只有少数几个人还伏在栏杆上，将江上夜色静静地领略着。

远远地，可见几点渔火。

我终于对陶卉说："你冷吗？"

"不冷。"

但我看到的却是：在昏暗的灯光下，她双手抱在胸前，一副寒冷的样子。我不觉怜悯起她来，"甲板上风太大，走，到船舱里去！"我的话里，居然有一点命令的成分，这使我自己都感到吃惊。

更使我吃惊的是，陶卉居然顺从地站起身来，提着铺盖卷往船舱走去。

"把铺盖卷给我。"我走上前去，一把将她的铺盖卷拿过来。

她没有反对，在我前面很温顺地走着。我则一人背了两个铺盖卷走在后头。

船舱里已无一块空地，我们只好在两个船舱之间的过道上放下铺盖卷。

我把我的一块塑料布从铺盖卷里拽出来铺在地上，然后对她说："你把铺盖卷放开，睡觉吧。"

她坐在铺盖卷上摇摇头，"我不困。"

我也在铺盖卷上坐下。

过道上就我们两个人。

十分寂寞。我们终于开始大胆地说话。首先说话的是她，"你的作文写得真好！"

"不好。"

"好，你的作文总是被传阅。邵老师说，我们班作文写得最好的是林冰。"

我们的话时断时续。每次开头，似乎都是在犹豫了半天之后才终于进行的。

几乎没有一个人再走动了。夜已很深了。

"你睡吧。"我说。

"你呢？"她把铺盖卷放开后问我。

"你先睡吧。"

她实在太困了，不一会儿就睡着了。

我很高兴地看着她。不知道为什么，我无声地哭了起来。

有风从过道口吹来，正吹着她的头。我拿起铺盖卷，坐到了过道口上,给她挡着江风。不一会儿,我就被风吹得有点发抖。但,我依然坐在那儿,不让风吹到她头上。她睡得安静极了,仿佛睡在温暖的家中。

四

第二天上午,江轮停靠在上海十六铺码头之后,我和陶卉便把找到队伍的希望寄托在了乘客的出口处。我们老早就挤到了舱口,舱口的铁栅栏一拉开,我们便抢先下了轮船。我们牢牢地守在出口处。船上的人仿佛憋坏了似的,拼命往外挤,不时地把我们挤到一边去。陶卉不好意思吹她的瓷鸟,偶尔吹一下,声音也很小,含了几分羞涩。我却一个劲儿地吹着,活像一只三月春光中求爱不止、不屈不挠的雄鸟。我并不用眼睛去寻找我们的人,因为我知道要在这样混乱不堪的人流里去发现熟人,是愚蠢的。这种时候,借助声音去呼唤,自然是最佳的办法。

人流渐渐稀疏下来,到了后来,像是一大瓶水倒空了,现在瓶口依然朝下,不时地往下滴出几滴剩水那样,走过一两个动作缓慢的或极沉得住气的乘客。

终于再无一个人。

我和陶卉望着那艘人尽舱空而在水上显然升高了的白色江轮，不禁陷入绝望。

我们开始转过身来，惶悚地面对着上海。傻站了一会儿，我们沿着江边的路一前一后地往北走去。陶卉不时回过头来望望我——她生怕丢失了我。她的眼神使我觉得，如果她是我的一个小妹，如果没有害臊的阻碍，她便会紧紧抓住我的一只手，与我寸步不离。

外滩的高楼使我们感到愕然。我们从未见过如此高大的楼。当我们仰望它时，我们感到震惊，同时也感到了自己的渺小和细弱。行走中，陶卉竟然往回退了几步，仿佛眼前的高楼使她感到了一阵恐慌。当她发觉已退至我胸前时，才继续向前走去。

走累了，我们便在江边坐下。当时，我们的目光一定很呆滞。人来人往，不时地有人转过脸来看我们——我们两个肯定将"乡下小子"和"村姑"的原形败露出来了。我有着一种深刻的异乡感。这种感觉一直保留着。今天，每当我看到北京的马路牙子上坐着一个或两个呆头呆脑的乡下人时，我便会立即想到当年我和陶卉坐在外滩路边的情形。

坐了一阵，我们又继续走。我不知道我们究竟应该做些什么。我很羞愧——一个男孩在一个女孩面前丢人，莫过于没有主意。谁都见过这样的情形：当一群男孩与一群女孩在一起时，男孩们总要竭尽全力(常常呼吸急促)显示自己是一个有主意的男孩，而那些没有主意的男孩就会感到压抑，并升起一股挡不住的妒意，然后便做出一些很令别人尴尬也很令自己尴尬的捣乱行为。我想让自己有一点主意，然而脑袋像一只装满泥巴的瓦罐，就是想不出一点主意。于是，我们就在外滩一带很木讷地徘徊着。我们常常被人撞到一边，只好靠边走。

钟楼上的大钟将指针指到了下午一点。

我们精疲力竭，再也走不动了。陶卉掏出她仅有的三块钱，递给我，"交给你吧……"

我的心变得沉重起来。这意味着我将承担起一切责任。我接过她的钱，然后将它与我的两块钱合在一起。我们一共有五块钱。我让她守着铺盖卷，然后走向江边的一个售货亭。我用一块钱买了两个面包和两瓶汽水，先解决了我们的饥渴。吃完了，我们就歇在江边。陶卉坐在铺盖卷上，我则爬坐到栏杆上，样子很像一只被塞足了鱼虾而歇在架上的鱼鹰。

我看了一会儿江上景色,便开始观察自己。我发现我的两只胶鞋的头已被踢破,露出脏兮兮的大脚趾来。我的衣服上,一只口袋被撕开了,一只裤脚也已扯开,当腿一抬高时,很可笑地露出白生生的腿来。我很快还发现,我的裤裆也裂开了一道四五寸长的口子。我立即夹紧了双腿,并满脸发热。我没有一件像样的衣服。少年时,我无时无刻不被一种寒伧的感觉追逐并折磨着。如今,我看到人家铁丝上的尿布在风中飘扬,竟然会联想到我当年总飘动着布条条的衣服。都读高中了,冬天时,我的棉裤后面还绽出棉絮来。压板了的棉絮很像猪的板油,有人看见我的棉裤时便说:"林冰,板油多少钱一斤?"因住校,不能总回家请母亲缝补,就自己补,白线,大针脚,像胃切除后缝合的针线在肚皮上留下的痕迹一样难看。遇到女生时,我便靠墙或靠树站住,以挡住屁股,等她们走远,我再离开。大概正是因为这一情结,如今我对衣着是那样地在意。

陶卉仰起头来时,看到了我的鞋和裤脚,说:"你的鞋破了,裤脚也开了。"

我小心翼翼地跳到地上(我怕陶卉看到我的裤裆),说:

"我们走吧,去找串联接待站。"

我们俩一下子振作起精神来。

我带着陶卉胡走一会儿,居然真的找到了一个串联接待站。但人家不肯接待我们,理由是我们没有介绍信(介绍信在邵其平身上)。在往外走时,我看见陶卉的嘴唇有点发颤,她也感觉到自己马上要哭出来了,便用牙齿一下咬住了嘴唇。重新走到大街上时,她突然变得像个孩子似的说:"我不走!我要回家……"说着,眼睛里就汪了薄薄的泪水。

"总会有人肯接待我们的。明天我们再想办法回家。"我说。

她又跟着我,继续去找其他接待站。

天黑时,终于有一个接待站(一个中学)禁不住我们一副可怜相的诉说而答应接待我们,但同时强调:只接待我们一晚,明天白天就请我们离开。

这天晚上,直等陶卉从女生宿舍中出来告诉我她已把铺盖卷打开了,一切都很好之后,我才回到接待站为我安排的男生宿舍里。这一夜,我混杂在一群陌生人当中糊里糊涂地睡了一觉。

第二天吃了早饭,我和陶卉又开始流浪,并寻找新的肯接待我们的接待站。临近中午时,我们在连连失败之后,在一个接待站的大院门外瘫坐下来。这个接待站极大,串联队伍进进出出,像《列宁在十月》中那所集结革命力量准备暴动的大学。大门口,虽有人把门,但并不严格。如见单人进入,守门人可能过来查一查证件,如见一支队伍过来,便信赖地闪在一边,不再检查了。我突然看见大院前面的路边上有一杆被人丢下的旗帜,心不禁怦然一动。我跑过去,将那杆旗帜捡起,然后向陶卉招手,示意她过来。不久,一支队伍开过来了。我对陶卉说:"你别吭声,只管跟着我。"当队伍走到我跟前时,我举着旗帜插到了队伍的前面。陶卉跟得很紧。我们与那个队伍中间,竟无空隙,谁也不能怀疑我们不是这支队伍里的人。我把旗帜高高举起,迈着大步踏进了大院。

大院里很混乱,很好混饭,也很好找睡觉的地方。

我们出大院时,总把那面旗帜带上。

我们还剩四块钱。由我做主,我们竟然花了两块钱买了五香豆和其他一些好吃的东西。我们吃着这些东西,在大街上溜达,兴致勃勃地看着上海的风情。

有半天,我们就待在接待站里,把衣服、鞋袜都洗了一遍。我没有第二双鞋，只好光脚坐在一张长椅上等鞋干。太阳挺暖和的，周围也没有多少人，心里觉得挺安闲。不远处，陶卉坐在另一条长椅上，看着椅背上的袜子和绳上的衣服。

傍晚，陶卉跟我要了一毛钱买了针和线，然后又把我的裤子要了去，把裤裆与裤脚缝好了。她的针线活很不错。

后来的几天，我们天天去外滩。因为我有一个固执的念头：这是上海最值得看的地方，邵其平他们肯定会到这儿来的。我知道这个念头很愚蠢，但却不肯放弃。我总让陶卉待在一处，然后自己吹着瓷鸟，在南京路一带的外滩溜溜达达。有时，我想：我这么吹着瓷鸟，会不会让人生疑？因为这太有点像打暗号了，太有点像地下工作者或特务接头失败后的等待了。当我感觉到有人用眼睛瞟我时，我真的觉得有人在怀疑我了。但见那人走开后，便又在心里笑话起自己的胡思乱想来，于是更肆无忌惮地吹着瓷鸟，继续溜达。

这天下午，我正吹着瓷鸟往十六铺方向走，突然听见陶卉叫："林冰，你听！"

我站住了，隐隐约约地听到前面有鸟鸣。但只听到一两声就再也听不到了。我把我的瓷鸟使劲吹响，往前跑去。

前面又响起了鸟鸣,并且是许多鸟鸣!

我和陶卉都站住了,我把瓷鸟吹得更响。陶卉也不再顾及一个女孩的矜持,鼓起腮帮子,吹得弯下了腰。

一片鸟鸣朝我们逼近,仿佛真的有一群鸟朝我们飞来。

我和陶卉一步一步朝前走去。

一面旗帜在我们的前方飘动。

"我们的旗子!"陶卉用双手握住她的瓷鸟,望着前方。

"油麻地中学的旗子!"我看得很真切。

我们的旗子已经破烂,像烂布条儿在空中飞扬。

首先到达我们面前的是邵其平。他像捕捉一种稍纵即逝的幻影一样冲上来,一手抓住我的右手,一手抓住陶卉的左手。我感觉到他的手在瑟瑟发抖。我听到他在不住地说:"我不敢相信!我不敢相信!"我也不敢相信。然而,我不能不相信:在我面前站着马水清、谢百三、刘汉林、姚三船、夏莲香……

我回到了男生中间,陶卉回到了女生中间。我和她眼中皆汪满泪水。

我第一次领会了"世界真小"的意思。

后来,我了解到,那天他们都未能上船,是两天后才上船的。因为丢失了我和陶卉,这些天他们一直焦急着,尤其是邵其平,更是吃睡不宁。因为陶卉和我,都是由家里的大人亲自托付给他的。他们也一直找我们,天天去十六铺船码头。

后来,我发现丁玫不在了,忙问:"丁玫也丢了吗?"

姚三船说:"她没丢。那天,在延安西路遇到高中部的串联队伍,那个王维一让她跟他们去北京,她就跟他们走了。"

马水清不吭声,站在一旁照小镜子。

在后来的日子里,我觉得马水清的情绪一直不高。我从谢百三那儿又知道了一件事:马水清去他父亲那儿只待了半天,就回来了。

于是,我便常常与马水清在一块儿。

在上海,邵其平领着我们串联了半个月后,说:"不行了,该回家了,身上净是虱子……"

回到家后,我在镇上的收购站过了一下磅秤,发现体重增加了四斤多。

(节选自长篇小说《红瓦》第六章)

名家点评

　　《红瓦》在反映生活、表现时代、刻画人物上的种种特色，归根结底，是要附丽于它的文学语言这个物质的外壳上的。《红瓦》的文学语言，是极具特色的。一是建立在精细的观察和独到的体验上的描写语言之准确，如对理发技艺、胡琴技艺、铜匠活技艺、养鸽子放飞鸽子的知识、胡琴独奏对伴奏的依赖等等的描绘，语言细入毫芒，令人惊叹！二是妙喻纷至沓来，这是基于生活经验和灵敏的联想力。如形容被救的孤儿王儒安瘦得像一袭鱼刺，农民将他抱起来，像晾一床薄被那样，将他搭在牛背上。说王儒安善于自修，用他三年私塾学到的那点可怜的东西，像做小本生意那样，一年一年地往多里翻，往深里翻，二十多岁时，便有点满腹经纶的样子了。说他当了中心小学校长之后，像擦黑板上的字一样，只用了很短的时间，就将那个光屁股在水沟里摸鱼的形象擦去了。这样的妙喻，在全书中俯拾即是，不胜枚举。在善于设喻方面，我认为曹文轩几乎可以与新时期文学中于此道最负盛名的张洁相颉颃了。三是全书文字，纯净透明，了无杂质；清畅爽利，略无滞碍，读起来很舒服。作家的行文，如行云流水，文气颇盛，但语态沉着，笔触深细，弃绝浮躁之气，这也是难能可贵的。

中国社会科学院文学研究所研究员，文学评论家　曾镇南

"油麻地"这个地名第一次出现是在曹文轩写于1994年的长篇小说《红瓦》中。它本是香港的一个地名,一次偶遇使曹文轩将之作为自己乡村的命名。这个地名的出现和反复使用意味着曹文轩终于找到了自己的文学根据地。此前曹文轩小说中的村子有各种各样的称呼,如白水荡、小豆村等,与之对应,他乡村叙事的主线也摇摆不定。《红瓦》之后,曹文轩找到了确定的道路,强化了个人特征,开创了后来被人们称为"新浪漫""新古典"的风格。

胡少卿
对外经济贸易大学中国语言文学学院中文系主任、教授,文学评论家

曹文轩创作谈：

《蜻蜓眼》无疑是我个人创作史上的一部很重要的书。

三十多年前，一次偶然的机会，我接触到这个千载难逢的故事。我将与它的相遇看成是我一生中最美好的时刻，看成是天意—命运之神眷顾我，让我与它相遇。当初，一接触它时，我就已经知道它的宝贵，"价值连城"四字就在心头轰然作响。我很清楚，作为一个写故事的人，一个作家，他遇到了什么。但即使在"榨干"了故事主人对这个故事的记忆之后，我依然没有产生将它很快付诸文字的念头。

我是一个喜欢珍藏故事的人，而对那些可遇不可求的故事，更会在心中深深地珍藏着。藏着，一藏三十多年，就是不肯让它面世。感情上是舍不得（那种感情十分类似于一个父亲不想让他心爱的女儿出嫁），理性上我知道，一个作家必须学会对故事的珍藏。这是一个本——珍藏的本领。珍藏的好处是：那故事并非一块玉——玉，就是玉，几十年后，甚至几百年后,它还是那块玉,而故事却会在苍茫的记忆原野上生长。岁月的阳光,经验的风雨,知识的甘露,会无声地照拂它,滋养它。它一直在生长,如同一棵树,渐渐变得枝繁叶茂,直至浓荫匝地。三十多年间,有时我会想到它——想到它时,我就会打开记忆之门去看看它,更准确的说法是观赏它。我发现,我观赏的目光正在由平视逐步抬高,而改为仰视,不断抬高的仰视。我知道,那棵树,在长高。我知道,总有一天,它会长成参天大树。终于有一天,这棵树不再是树,而从植物变成了动物。这个健壮的动物,不再安于在记忆的原野上走动,它要去一个更加广阔的世界,任何栅栏都不再能阻拦它。沉睡,哈欠,继续沉睡,一跃而起,精神气十足,它一定要走出记忆之门,到光天化日之下。"放它出来,到大世界去!"我听从了这一似乎来自天庭的声音。

于是,它就成了《蜻蜓眼》。

长篇

蜻蜓眼（节选）

蓝屋

一

奶奶在众人簇拥下，带领孩子们走进这座宽敞明亮的洋房，是在 1939 年的深秋。

那时的上海，到处飘动着梧桐树的落叶。这一景象对于奶奶来说，并不陌生，因为法国到处长着这样的梧桐树，每年到了秋天，也是随处可见纷纷坠落的梧桐树叶。但，奶奶还是深深地感觉到，她已经到了一个十分遥远而陌生的地方。

那几天,她总是不时地走到窗口,或者干脆站到门口的台阶上,观看这些褐色的落叶。思绪在里昂、马赛与上海之间来回飘动着。有一丝丝哀愁,但更多的还是兴奋、新鲜和对未来的憧憬。

身处中国天空下的奶奶没有想到,她会在这座房子里走完她整整一生。

这是一座三层洋房,是一个很有名的德国建筑设计师设计的。蓝色的瓦,门窗也是蓝色的,海洋般的蓝色,只有墙是白色的。相比于这条路上的其他洋房,它显得清新、素净而明亮。那蓝色正是奶奶喜欢的颜色,仿佛命中注定,她是这幢洋房的主人,它是为她早准备下的。

奶奶来到上海的当天,就去医院看望了躺在病榻上的太爷爷。

洁白的薄被下,太爷爷已瘦得像薄薄的一张纸,几乎让人看不出这薄被之下还躺着一个人的身体。

见到奶奶,太爷爷的眼睛睁得铃铛一般大小,闪闪发光。他颤颤抖抖地伸出长满大块大块老人斑的手,握住了奶奶伸向他的手,抖动了好一阵,用很不流利的法语,对奶奶说:"奥莎妮,我十分抱歉,十分抱歉……"

奶奶弯下身子说:"上海也是我的家,我回家了,回到您身边来了。"

太爷爷的眼睛一直那么睁着。

奶奶把孩子们一个一个地推到了太爷爷的身边。

四个孩子。

太爷爷说:"谢谢奥莎妮,为我生了一趟孙儿孙女。"他幸福而满足地笑了,口水从嘴角流了出来。

奶奶连忙用太爷爷枕旁的毛巾帮他轻轻擦去。

一个星期后,太爷爷的生命已近尾声。

全家人都来到了医院。

太爷爷眼睛已无力睁大,只能微微睁开一道缝隙。

他看到了挂在奶奶脖子上的项链,看到了那两枚他熟悉的蜻蜓眼。他将手从被子底下抽出来,颤抖不止地伸向奶奶的项链。

奶奶马上明白了太爷爷的心思,低下头去,直到那两枚蜻蜓眼轻轻落在太爷爷薄而没有血色的手掌上:"谢谢您把它们给了我。"

太爷爷用十分微弱的声音叮嘱奶奶:"奥莎妮,永远也不要让它们离开你。"

奶奶连连点头。

太爷爷的手无力地落下了,但目光却一直停留在奶奶的脸上。

爷爷对奶奶说:"他好像要对你说什么。"

奶奶侧脸,将左侧的耳朵向太爷爷的嘴巴靠去。她听到了太爷爷似乎来自心灵深处的一句话:"奥莎妮,拜托了……"

这是太爷爷留在这个世界上的最后一句话。

此后的几十年时间里,奶奶,奥莎妮一直记着太爷爷的这句话。

这天黄昏,太爷爷平静地离开了这个随时听到枪炮声的世界。

二

奶奶很快就见到了爷爷的前妻生下的两个孩子。

大的是男孩,小的是女孩。

两个孩子见到奶奶——一个长得和他们如此不一样的奶奶,有点儿胆怯,有点儿疑惑,有点儿隔膜,又有点儿羞涩。

奶奶也有点儿羞涩。她弯下腰,看着男孩的眼睛好一会,又看着女孩的眼睛好一会,说:"你们可以叫我妈妈,也可以叫我奥莎妮。"

晚上,奶奶对爷爷说:"杜梅溪,孩子们要重新排一个顺序。按中国老大老二这样的叫法叫他们吧,不然,我会记不住他们的名字的,六个孩子呢!"奶奶一边说,一边展开双臂,"可以排一支长长的队伍。"

她一脸抑制不住的欢喜。

于是,爷爷与前妻生的男孩成为老大,女孩成为老二,而奶奶生下的第一个孩子成为老三,第二个孩子成为老四,第三个孩子成为老五,第四个孩子成为老六。

当时,孩子们并不在她眼前,她却用手指一个个地点着:"老大、老二、老三、老四……"她觉得这样的叫法很有趣。

爷爷点点头:"这样叫好。"

当老五——也就是阿梅的爸爸十多年之后有了阿梅、阿梅会说话时,老大就成了大伯,老二就成了大姑,老三就成了二伯,老四就成了三伯,老五就成了爸爸,老六就成了小姑。

在奶奶和蔼、亲切而温柔的目光注视下，在奶奶还有点儿生硬但却柔和的呼唤声中，仅仅几天时间，六个孩子就成为亲密无间的一家。他们每个人都有自己的房间，但都不喜欢独自在自己房间里待着，经常互相走动，要不就楼上楼下、屋里屋外地跑动，互相嬉闹。女佣胡妈和宋妈，不时地躲闪着这些横冲直撞的孩子，说："这帮小鬼，总有一天要把房顶掀掉的。"

一直在拼命学中文、学上海话的奶奶，现在已能顺利地听懂任何一句上海话了。看到这些一刻也不肯安宁的孩子们，她朝胡妈和宋妈无可奈何地笑笑，但眼睛里却是一番满足和快乐。有时，她也会向其中一个孩子叫道："不可以这样！"孩子们玩着玩着，不免会发生争执，甚至会动手，会有哭闹，她就会走过去，耐心地听他们告状。听完之后，她永远会有出其不意、妙不可言的方式，使他们很快言归于好。一天里头，她会被六个孩子无数次地呼唤着："妈妈！"从早晨第一个孩子醒来，到晚上最后一个孩子睡着，她楼上楼下地走着，从这个房间走到那个房间，或是拉开窗帘："老大，太阳已经来到你的窗口，你是否可以考虑一下起床呢?"或是给老六掖一掖被子,然后关掉灯,轻轻说一声:"老六,晚安。"轻轻退出,轻轻关上房间。

当爷爷坐在廊下的睡椅上,看到孩子们在花园中追逐,不停地发出欢笑声,爷爷就会用目光寻找奶奶。当终于看到奶奶时,他便会用目光说一声:"谢谢你了,奥莎妮!"

三

此时的上海,街上不时开过一辆或数辆日本军车,车上站在荷枪实弹的日本兵,刺刀忽闪着令人胆寒的芒刺,插在车头的太阳旗哗哗作响。总有警笛声响起,空气里弥漫着令人胆寒的恐怖。

奶奶对胡妈、宋妈说:"不管是在什么时候,只要孩子们出门,就一定要将他们打扮得干干净净,精精神神。"她对孩子们说:"出了门,看到日本人,不可以害怕。不要看他们,只管昂首挺胸地走你们的路。路是中国的,你们是中国人。"

孩子们有时会一起走出大门,走到大街上。从长相上看,他们有很大的差异,但从亲密无间的样子看,分明又是一家子。他们手拉手地走着，姐姐哥哥地叫着，生机勃勃，意气风发，给死气沉沉、一片灰暗的上海平添了一份活力。他们走着，毫无胆怯的神色，这在一双双灰心、无望的目光看来，无疑是一道令人振奋的风景。

奶奶坚信，这个世界不可能永远这样黑暗下去，日本人总有一天会被中国人通通赶跑的；他们若不自动撤回老家去，就一定会被中国人赶到大海里。

跟随爷爷已经这么多年，但奶奶对爷爷的丝绸生意依然一窍不通。现在，她要做的，就是要全身心地投注于蓝屋，让蓝屋永远成为一方安宁的世界，不让爷爷牵挂蓝屋，更不让他为蓝屋操半点儿心。她深知如今爷爷支撑这份产业是多么艰辛。很明显，爷爷在比她更快地衰老着，转眼间已经满头灰发。奶奶心里不免充满忧伤。蓝屋必须永远井井有条、平平安安。她精心安排了六个孩子的学习与生活。他们读书的几所学校，都是当时上海一流的学校。凄风苦雨之中，孩子们却在一天天地顽强成长，他们向爷爷预示着，只要世道一旦变换，他们中的任何一个人，都会有一个美好的前程。

爷爷整天在外面奔波、忙碌。除了丝绸生意，杜家还有三家生产丝绸的工厂，一家在上海，一家在苏州，还有一家在无锡。爷爷随时都可能离开上海,去苏州、无锡看那里的工厂,一去就好几天。每次出远门时,爷爷总是有点儿对不住地对奶奶说:"奥莎妮,我又要出门好几天呢。"奶奶总是说:"不要惦记我们,我们会好好的。"

风雨飘摇,蓝屋却坚强地挺立在上海灰白的天空下。

爷爷每次回到蓝屋,总会想起当年他们的海轮停泊在马赛港或在上海港——就是那样一种停泊港口的感觉:长久漂泊在急风大浪的大海上,终于回到了风平浪静的港湾,身心疲倦,但现在可以放松地休息了。

乱世并没有如奶奶想象的那么快结束。

战乱连绵不断,当年一派兴旺的家族产业已摇摇欲坠。到了后来,丝绸生意只是勉勉强强地做着,丝绸工厂也只是气息奄奄地开着。

日子越来越艰辛,甚至让人感到绝望。但奶奶神色安宁地带着六个孩子,在胡妈、宋妈全心全意的帮助下,一天一天,满怀信心地过着。爷爷看到的蓝屋,依然一如从前窗明几净,欢乐总在,笑声楼上楼下、屋内屋外不断。他在疲倦之时,照样有人送上香浓的咖啡或烫手的热毛巾,不是奶奶,就是胡妈、宋妈;留声机总在缓缓转动,播放着让他放松、舒心的音乐。

爷爷早已经注意到，奶奶的脸上又添了许多皱纹；有时，她甚至显出明显的憔悴。每逢这个时刻，爷爷心里就会生出不尽的歉意，就会走到奶奶的身边，伸出有力的胳膊，轻轻地搂一搂奶奶的腰。奶奶就会仰起头，冲爷爷微笑，那微笑里有感动，也有苦涩。

四

一乱再乱的乱世到底结束了，等世界终于平静下来，爷爷奶奶突然发现，孩子们居然都已长大成人。

奶奶对爷爷说："一个个翅膀都硬了，到出巢的时候了，不要留他们，给他们自由吧！"

接下来的几年时间，老大、老二、老三、老四，都先后离开了蓝屋，住到了别处，并都成家，并且很快有了他们的孩子。

老六，阿梅的小姑，虽然没有成家，但也坚持搬了蓝屋。她的钢琴弹得非常好，已成为一位小学音乐老师。

只有老五，阿梅的爸爸留在了蓝屋。

1952年,爸爸和妈妈结婚,第二年,阿梅便来到了这个世界。大伯、二伯、三伯、大姑,生的全部是男孩。阿梅是这个家族这一代人中唯一的女孩。

这一回,奶奶有点儿偏心了,在所有的孩子里头,她最喜欢的就是这个女孩。

所有的人,都看出了奶奶的偏心,但所有的人都觉得,奶奶本就应该偏心,因为他们生了一群秃小子,也一个个都希望看到能有一个女孩降临到这个家族呢。奶奶甚至故意夸张了对阿梅的偏爱。奶奶居然对男孩们说:"你们这些男孩,好讨厌呀,奶奶可不喜欢你们——奶奶喜欢阿梅。"说这话时,奶奶或是在阿梅的脸上吻一下,或是把她举过头顶。男孩们的爸爸妈妈不生气,男孩们也不怕生气,因为,他们都知道,奶奶也一样喜欢他们,爱他们,只不过是对阿梅偏了一点儿心罢了。他们没有意见,没有,他们也都喜欢阿梅,把这个小女孩抱来抱去的。那时,奶奶就会很担心地盯着这些粗手笨脚的男孩。男孩们就会故意做出一些"失手"的动作,让奶奶大吃一惊。奶奶就会赶紧把阿梅从男孩们手中"夺"过来,并将他们轰走。

奶奶喜欢阿梅,还因为阿梅刚一来到这个世界上,奶奶就感觉到，在所有的孩子们中间，就这个小女孩最像她。所有的人，都证实了她的看法。她看到了这个小女孩眼中的一抹蓝色，虽然是淡淡的。她还看到了这个小女孩的头发，微微有点儿黄。这还不是主要的——主要的是，阿梅脸的轮廓，甚至是神情，都很有点儿像她。

小姑说："神似。"

当爸爸妈妈提出也要离开蓝屋时，奶奶说："你们可以离开，但阿梅要留下。"

爸爸和妈妈相视一笑，留在了蓝屋，直到阿梅长到十二岁时，才离开这座房子……

（节选自长篇小说《蜻蜓眼》第四章）

名家点评

　　当这一切被摧毁时，文明的尊严无处安放，这是一个可以上升到深刻反思层面的故事，又是一个优雅、良善的美丽的故事，告诉了我们什么是家庭乃至人类的相处之道，我们应该如何摆脱残忍、物质和粗陋。我还看出来文轩在作品里讲述实际上很残酷、很凄凉的故事时，是如何保持优雅的叙事风度。这种风度的保持不仅仅在语言上，我看完之后在琢磨，到底是怎么回事呢？为什么故事这么悲惨却写得这么从容、细腻、委婉呢？我就一遍一遍翻篇章，其实在篇章结构里得到很多的揭示，总体上这个故事是洪流中异国女人的命运悲剧，貌似的宏大叙事到了作家的笔下被分解为旗袍、毛衣、小皮箱等等，似乎作家把我们带进了老古玩店，用令人着迷的故事带入，最后被一场巨大的悲哀所吞噬。我把叙事称之为优雅的吞噬，文轩在篇末的访谈时谈到创作时的困难，我猜想除了有中西文化积累上的苦恼之外，寻找到这种叙事的调子或许更大的困难。他终于找到了最合时宜的叙事调子，且令读者们沉浸、感动，这于文轩是欣慰的，也是读者的幸运。

中国作家协会副主席，作家，文学评论家　陈建功

《蜻蜓眼》有起承转合结构严谨的故事，也有令人过目难忘的饱满的人物群像。但在这之外，还有不容忽略的一点，就是作者动用了很多"物件"，我们姑且把它们都称为"名物"。这从小说中的小标题就能够看出来：钢琴、毛衣、旗袍、油纸伞、小皮箱、纱巾……这些"名物"携带着个人之痛和历史创伤，铭刻着爱情、亲情、友情之美，从某种意义上说，它们是历史不会说话的见证人和亲历者，它们既是故事发展的直接参与者，同时，也是无言的讲述者。某些"名物"在得而复失和失而复得之间的循环，既构成了小说曲折的情节，又直接折射着个人的起落与历史流动的光影。"蜻蜓眼"在小说中，它作为信物见证了中国男子杜梅溪和法国女子奥莎妮"执子之手，与子偕老"的跨国之恋，让读者看到了这对曾经年轻、富有、美貌的有情之人以及他们的后代，在历史的重压下，生活是如何从云端跌落尘土。然而那种要你斯文扫地甚至性命堪忧的外在的威吓，却不能熄灭每个平凡人内心善的执念，对美的追寻，对尊严的渴望。虽然小说实际上采用的是奥莎妮孙女阿梅的视角，但"蜻蜓眼"依然像《红楼梦》里的通灵宝玉，它才是真正的主角，它沉默，却一直是不在之在，借作者之手，写下了它所目睹的人间的繁华苍凉与悲欢离合——来自那么遥远的历史深处，在它无言的外表下不知蕴藏了多少悲欢离合的往事，这也许并非它经历的最惊心动魄的一段。

鲁迅文学院副院长，儿童文学作家，文学评论家　李东华

在小说《蜻蜓眼》中，对于忧伤的表现有了进一步的提升，那种个人化的孤独情绪，正被历史、时代、现实所裹挟，涂抹上了十分复杂、耐人寻味的坚硬品质。这种高贵格调的外在表现是巴黎的浪漫、咖啡馆的优雅、着装和生活的讲究，而其内在的表现则是面对艰难和苦难时那种从容不迫的淡定和自信，不管生活如何困苦、如何粗糙，依然可以过得精致无比。"奶奶苦撑着日子——微笑着。""在她的心目中，日子的品质，当用生命去保证。""她要挺直腰板，微笑着，即使天塌下来，也应当微笑着。""奶奶还在微笑，但眼睛里闪着泪光。"这些微笑满含忧伤，却散发着高贵的光芒，让人即便在黑暗的深渊中依然对光辉灿烂的生活充满无尽的向往。

韩松刚
江苏省作协创研室主任，中国现代文学馆客座研究员，青年文学评论家

曹文轩创作谈：

　　《樱桃小庄》是我个人写作史上一部重要的作品，并且这个故事的原型早在七八年前就已经形成。中国有六七千万留守儿童，这个庞大的数字一直萦绕于我脑海之中。但我是一个将艺术性始终看得高于一切的作家，我必须拥有一个在我看来非常艺术的角度，我必须写出一部艺术性很强的作品。我的看法也许非常固执，但我认为，能够穿越时间和空间的，只能是那种文学性很强的作品。一个很好的故事终于在我脑海中形成。希望读者们能够像喜欢我的《青铜葵花》《根鸟》《蜻蜓眼》等作品一样喜欢它。

长篇

樱桃小庄（节选）

黑夜之光

一

爸爸妈妈出远门去了，对于这一事实，奶奶虽然显示出一副不能确定的样子，但心里好像还是清楚的，因为，麦田和麦穗分明听奶奶轻轻叹息了一句："又出门去了。"奶奶站在院门外，望着樱桃小庄外那条长路，很久很久。

后来，她转身进屋，从她的枕头边拿出那只手电筒。她将手电筒按亮，在昏暗的屋子里照了照，那些又破又老的家具，在亮光里显现，在镀上薄薄的金黄色之后，好像好看了一些。她慢慢地移动着那束亮光，将屋里的一切一一照亮。她好像在寻找什么、核实什么。当她终于知道，这穷家所有的东西没有一件缺失后，放心了，孩子一般笑了起来。

在从前的日子里，这只手电筒是奶奶每天必定使用的，它是奶奶黑夜中明亮的眼睛，是奶奶守卫这个家园的武器。每天，天一黑，奶奶就会拿着它，走到门外，东照照，西照照。那束亮光，一会儿落在羊圈里：羊在。一会儿落在鹅栏里：鹅在，一只不少。一会儿落在那棵樱桃树上：树在，树上的樱桃也在。树上有几只鸟，光束里，依然安静地待着，因为它们已经习惯了这束亮光。奶奶看到了它们，很高兴，还会唠叨一句："在树上歇着，行。但你们不能吃樱桃，吃几颗也就罢了，不能总是吃，那是我留给我孙子孙女吃的。"樱桃树上已经没有樱桃了，甚至连叶子都已落尽，但那束亮光依然会在黑暗中将它照亮。麦田见了就会嘲笑奶奶："奶奶，不会有人夜里挖走你的樱桃树的。"奶奶笑笑，故意将那束亮光长久地停留在那棵樱桃树上。

那束似乎永恒的光，特别专注的是那堆砖瓦和木头。

奶奶会用这束亮光慢慢地照着，好像在数那些砖瓦有多少块、木头有多少根。这是他们家最重要的财富,是未来光明而幸福的日子。她必须保证它们在爸爸妈妈不在樱桃小庄的日子里,不能丢一块砖、一片瓦、一根木头。在她那双已经昏花的眼中,亮光照着它们,犹如照着一座小楼——照着全家人的人间天堂。

有时,奶奶不知为什么,会像一个调皮好奇的孩子那样,将那束光照向空阔的天空。那也许是一个漆黑的天空,也许是一个明月高照、星如棋布的天空。这时,全樱桃小庄的人都有可能看到那束探照灯似的亮光。樱桃小庄的孩子们很喜欢看到那束亮光从天空划过、滑过或缓缓移动。它让他们在这乡村的夜晚感到神秘,感到有一种说不出的兴奋。每当那束亮光照向天空时,麦田和麦穗,也会用目光去追随那束光,它将他们引向了一个浩瀚无涯的世界,一个梦幻般的世界。他们并不反对奶奶用那束光无谓地去照亮天空,仿佛数一数天空的星星,也是一件很好的事情,也是很有必要的。绒秀曾对麦穗说:"你奶奶数星星吗?天上的星星又不是你家的呀!"麦穗就会回答她:"天上的星星就是我家的。"这是麦穗向奶奶问绒秀式的问话之后,奶奶的回答。麦穗觉得奶奶的回答很有意思,甚至是有道理的:可不是嘛，天上的星谁看到就是谁的，星星也是他们家的一部分。

那束亮光有时会停留着一张在黑夜中出现的面孔上。

黑暗里有个人就会说："老太太，别照着我，刺眼！我是出来找我们家鸭子的，我家有只鸭子没有回家，不是来偷你家的砖头的，也不是来偷你家樱桃的。"或者有点儿生气说："照！照！照什么照！谁偷你家东西呀？"

奶奶笑笑，但依然用那束光照着，直到那人求她："求求你啦，别照啦，我看不见脚下的路呀。"

奶奶就会将那束光低下来，为那个人照着脚下的路，一直将他送出去很远很远。那人会在远处说一声："谢谢麦田他奶奶，谢谢麦穗她奶奶。"

那束光从院内照到院外，又从院外照到院内，最后照到家中，直到看到麦田和麦穗都好好地上床睡觉了，才将它熄灭。

但深夜和拂晓前，一定还有两次仔细的探照。

这个家，每一根稻草都犹如金条……

二

自从爸爸妈妈走后,奶奶的情况急转直下,神情恍惚越发严重。她总在回忆什么,而要回忆的,却再也回忆不起来了。许多事情,她做过了,转身就忘,忘得一干二净,就像用水反复冲刷过一样,没有一丝痕迹。一些从前经常来家与她扯家常的老姐妹,她居然有好几个不认识了,见了面,她显出一副疑惑的样子,好像站在她面的这个人,她曾经在哪儿见过,可是在什么地方见过的,什么时间见过的,又到底是谁,她却怎么也想不起来了。当她死活也想不出来时,她就痴痴呆呆地朝人家笑着。这样,那些老姐妹也就不来看她了。不来看,就不来看,她也不想念她们,而在从前,她们只要有几天不来,她就会去找她们,或托路过这儿的人捎个口信,让她们过来。一天三顿饭,倒能勉强记着给麦田和麦穗做,但常常会忘记灶膛里的火,结果不是该往灶膛里续柴火时忘了续柴火,没有将饭煮熟,就是该将灶膛里的柴火熄灭掉却没有熄灭掉,将饭煮糊了。有时候,情况很危险:那没有人看管的火顺着塞在灶膛里树枝烧出了灶膛,燃烧着掉在了一堆干焦的干柴上,要不是麦田及时发现,也许就是一场火灾了。因此，麦田再也不敢让奶奶烧饭了。他将家中的火柴统统藏了起来，使她根本无法引火烧饭。现在，一日三顿的饭，都是麦田做的。樱桃小庄的人知道了，一边担心着这个人家，一边都夸麦田能干。

至于麦穗的小辫子，奶奶几乎再也想不起来给她编了。

麦穗只能整天披头散发地吃饭、放鹅、放羊、找绒秀和杏子她们玩。往日那个梳着两根好看的小辫子，让樱桃小庄的女孩们羡慕和嫉妒的小姑娘好像永远消失了。有时，麦穗会眼巴巴地看着奶奶，希望她能够注意到她现在是一头乱发，然后，像从前那样一前一后坐下来，给她好好编两根只有她才能编成的小辫子。但她的目光根本无法唤醒奶奶——她将她遗忘了，遗忘在再也找不回来的荒野里了。麦穗很失望，很伤心，但她毫无办法，因为奶奶将她自己也遗忘了，她不再是奶奶了，那个总要将她的小辫子编得无人相比的奶奶好像不在了，风一样飘走了，飘到天边的云朵里去了。麦穗有时会长时间地看着越来越古怪的奶奶，怎么也想不明白这天底下怎么会发生这样的事情。

后来，她就完全失望了，不再眼巴巴地看着奶奶了。

渐渐地，她也不在意自己的小辫子了，她甚至不在意自己的面孔了,以前总是奶奶给她洗脸,洗得干干净净的,还要在她的脸上抹上雪花膏,让她白净净的,香喷喷的。现在她常常早上起来不洗脸,一天也不洗脸,直到麦田生气了,她才很不认真地将满是污迹的脸洗一洗。

穿衣服也是这样,胡穿,脏了也不洗。

一个很整洁的小姑娘就这样在樱桃小庄人的眼中消失了。

这天放学,麦田在校门口等麦穗,可是左等右等也不见她的影子。他又回到校园去找她,那时,学校里已经没有几个人了。绒秀因是这天的值日生,等打扫干净教室才背着书包回家。麦田赶紧走上前去问绒秀:"麦穗呢?"

绒秀说:"麦穗没等放学就回家了。"

"为什么?"

不知为什么,绒秀吞吞吐吐的半天,也没有向麦田说明白麦穗为什么会提前回家。麦田不再追问,赶紧往家走。他看到麦穗时,麦穗正坐在院子的门槛上抹眼泪。

"怎么了?"

麦穗不回答。

"到底怎么了?"

麦穗哭出了声，并且越哭声音越大。到了后来，哭得身子缩成一团，泣不成声了。

麦田不再追问，坐在了麦穗的身旁，将胳膊放在麦穗不住战栗着的肩上。

奶奶出现了，见到麦穗在哭，好像想到了什么，走过来："麦穗哭什么？"

这让麦田和麦穗都很吃惊。

麦穗泪汪汪地望着奶奶，叫了一声："奶奶……"泪珠如雨珠纷纷落下。

奶奶张开双臂："麦穗过来，到奶奶怀里。"

麦穗站起来，扑到奶奶的怀里。

奶奶用手抚摸着麦穗的头发，面孔朝向天空。那时的天空，乱云飞渡，一片乱糟糟的，很不清爽。

晚上，麦田终于打听到了麦穗提前回家并不住哭泣的原因：学校要演出文艺节目，却没有通知麦穗参加。而以前，麦穗从来就是学校文艺演出的骨干成员，她歌唱得好，舞跳得好戏演得好，样子讨人喜欢，不管扮演什么角色，都很入戏，用负责演出的老师的话说："麦穗扮相好。"那么，这一回为什么没有通知麦穗参加了呢？麦田也打听到了原因：

在学校老师的眼中，麦穗已经不再是以前的麦穗了——以前那个扎着一对好看的小辫子的麦穗，已经不见了，现在这个麦穗只是一个蓬头散发、邋邋遢遢的女孩子，看上去，毫无灵气，让人无法联想到她会唱歌，她会跳舞，她会演戏。特别是那个过去最欣赏麦穗的梅老师——学校的节目都是她导演的，对现在这个麦穗十分失望，想来想去，就不再想让她参加文艺演出了。

麦田知道这一切之后，说是去田野上找黑子，实际上是想一个人躲到哪儿待一会儿。他像一个死人一般，一动不动地躺在一片能将黑子淹没的野草里。爸爸妈妈临走前，交代过他："你要照顾好麦穗。"他是点头答应了的。可是，现在妹妹——麦穗竟然变成这副模样！她可是樱桃小庄最好看的女孩耶！麦田感到无地自容。

这天晚上，麦田在樱桃树下吹了很久的笛子。

麦穗没有很快睡觉，就坐在哥哥的身旁听着。

天渐渐好了起来，乱云被越来越大的风吹净了，樱桃小庄的夜空又显出淡淡的蓝色……

三

　　从明天开始，麦田要代替奶奶，好好为麦穗洗脸，好好为麦穗洗衣服。

　　他做到了。

　　麦穗一起床，他就将一盆清水端了过来，让麦穗低下头来，用毛巾将她的脸洗了一遍又一遍。他的动作很笨拙，麦穗不住地叫唤："疼！"麦穗的脸倒也洗干净了，可弄了一地的水，把麦穗的衣服也弄湿了。再给麦穗洗脸时，他就会一边洗一边对麦穗说："以后，你自己的脸自己洗，你不小了，人家绒秀她们都是自己洗脸，都是奶奶惯的。"麦穗咯咯咯地笑了，因为，麦田在给她擦脸时，毛巾上的水滴答滴答地流到她的脖子里去了。

　　麦田天天早早起来给麦穗洗衣服。以前也洗，但洗得很不专心，只是将衣服在水里泡泡，然后胡乱地搓洗几下，随便往篱笆上一晾就完事了。这些没有洗干净的衣服，皱巴巴地穿在麦穗的身上，把一个很好看的女孩活生生地穿丑了，远远看上去，像一堆垃圾。麦田细心地回想着奶奶给他们兄妹二人洗衣服的样子：奶奶在木盆里搓呀搓呀，好像要把衣服搓没有了似的；洗干净了之后，奶奶在晾晒之前，总是用手捏着衣服，在空中反复地甩动，直到将衣服上的皱褶都甩没了，才展开来晾到篱笆上。等衣服晒干之后，奶奶一定会将衣服放在桌子上反复抹平，然后非常讲究地折叠起来，压在自己的枕头下。这样的衣服穿在身上，会有几道很对称的折印，很好看。从前，奶奶因为忙，有时也许会忽略麦田的衣服——他是个小子，用不着那么考究，但却绝不会忽略麦穗的衣服。因此一年四季，无论春夏秋冬，麦穗穿在身上的都是十分整洁的衣服。麦田决心学会奶奶的这一套本领。每天，他都会按奶奶的步骤去做，几天下来，他居然看到，麦穗身上的衣服也有了从前的样子，心里十分得意和高兴。

麦穗更高兴。

现在就只剩下一件事了：麦穗的小辫子。

四

麦田还是要求助于奶奶。

奶奶现在很少睡觉，不分白天黑夜地在屋前屋后走来走去。但，麦田分明觉得这个走来走去的奶奶却是在熟睡中，而且好像永远醒不来了。他不死心，想要叫醒她，大声地叫。他跟在奶奶的身后，不住地叫着："奶奶！奶奶！"奶奶有时会回头看他，有时则像个什么也听不见的人，依然沉浸在她的世界里——那个世界距离樱桃小庄十分遥远。麦田就会提高嗓门叫："奶——奶——！"她像被一阵突如其来的凉风凉着了似的，回过头来，惊恐地看着麦田。那一刻，麦田突然觉得，奶奶像个孩子，像一个无家可归的在垃圾堆里翻找食品的孩子，可怜的孩子。麦田想哭。他看着奶奶，喊她的声音越来越小，到了后来，就像是自言自语了："奶奶，奶奶……"奶奶朝他笑着，很傻很傻的那样一种笑。他能做的，就是将曾经都是奶奶做的事情全部承担起来。这个男孩，这个应当属于田野，属于村巷，属于男孩们疯狂嬉闹的男孩，现在将更多的时间交给了屋子、院子，交给了无穷无尽的家务活。他不停地忙碌着，像一只被一个贪婪的男孩无情抽打的陀螺，滴溜溜地转动着。樱桃小庄的大人们都说："咱樱桃小庄，最懂事，最能干的孩子就是麦田。"他们会不时地过来帮他一把，比如代他将稻子磨成大米，比如在他和麦穗上学时，帮助他照看奶奶，还有那只羊和那只鹅。

现在就只有一件事，非奶奶不可：给麦穗梳小辫子。

这是奶奶的独门绝活，谁也无法代替，只有奶奶编的那种小辫子，才会让麦穗回到往日的时光里，樱桃小庄才能走出来从前的麦穗。

麦田几乎愿意跪下来求奶奶了——如果奶奶能够让他如愿，他就真的跪下来。

这天，麦田将麦穗推到了奶奶的面前，用手指着麦穗的一头散乱的头发："给麦穗梳小辫吧！"他的口气里满是哀求。

奶奶好像没有听明白，懵懂地看着麦田。

"给——麦——穗——梳——小——辫——！"麦田大声地说，几乎就是喊叫。

奶奶怔了一下，终于将目光转移到了麦穗的头上。

麦穗连忙将手中的梳子递到奶奶的手上。

奶奶接过梳子，出神地看着麦穗的头发，但就在麦田以为奶奶会突然想起她应该给麦穗梳小辫时，她却将梳子插到了她自己的头发里，然后就走了，去看那堆砖瓦和木头去了。

麦田拿了一把剪子，抓着麦穗的胳膊，将麦穗拖到奶奶面前，然后当着奶奶的面，做出一副要剪掉麦穗那一头乌发的凶巴巴的样子。

奶奶的眼珠子一下子瞪圆了，随即从篱笆上拔下一根细木棍，不由分说地打在了麦田的屁股上。

麦田龇牙咧嘴地转着圈儿。

奶奶拉起麦穗的手，好像要躲避什么灾难似的，带着麦穗快步走开了。但，奶奶依然没有想起来要给麦穗梳小辫。

麦田拍拍屁股，摇摇头，瘫坐在了院门的门槛上。

走投无路，麦田在心里想着：只能由我来给麦穗梳小辫了。

他十分后悔当初奶奶在给麦穗梳小辫时，他一副不屑一顾的样子。如果以前不总是惦记着玩耍，好好看着奶奶给麦穗梳小辫就好了——哪怕就一两回呢？他根本说不清，麦穗那两根只有她头上才有的小辫，究竟是怎么被奶奶编成的。他甚至都不能为自己描述一下那两根小辫具体的样子。

他先让麦穗自己试着编，但麦穗后脑勺没有长眼睛，根本看不到自己编的小辫究竟是什么样子，结果编出来，一根像刚刚长了几天的细黄瓜纽，一根像粗短的麻花，显得既难看又很滑稽，看了让人禁不住要笑，只好解掉了。

麦田就埋怨麦穗："你好无用，人家绒秀、杏子她们谁不是自己编小辫呀?"

麦穗回嘴说:"杏子根本就没有小辫子。"说着,眼泪就在眼眶里打转了,"我也不想要小辫子了。"

"你说是到理发店剪成短发?"

麦穗点点头。

"不行!短发难看死了。"麦田无法想象他的妹妹麦穗是一头短发。那还叫麦穗吗?爸爸妈妈回来看到了还不骂死他?

麦田想:我必须试一试!

他学着奶奶的样子,搬了两张凳子,让麦穗坐在他的面前,他坐在麦穗的身后。他一边编,一边努力回想着麦穗曾经有过的小辫子,只觉得浑身有劲使不上,心里总是很焦急,额头上满是汗珠子。他好想去搬砖头,或者去担水,去做那些需要气力的活。

眼见着要到上学的时间了,他才很艰难地编成一根小辫子——其实很难说它就是一根小辫子。

这时外面响起绒秀的叫声:"麦穗,上学啦!"

麦田赶紧给麦穗解掉了那根好不容易才编成的小辫子:"走吧走吧,今天只能这样了。"

第二天，麦田给绒秀送了一块橡皮，请绒秀帮麦穗编小辫。绒秀倒是很愿意："我们以前老给麦穗编小辫呢。"但绒秀又说，"麦穗一回到家，奶奶就给她拆了，麦穗也只喜欢奶奶给她编的小辫子。"

在绒秀对付着给麦穗编小辫的那几天时间里，麦田在做一件在人们看来也许很可笑的事情：他从院墙外面一处阳光照不到的地方，拔了两把草，然后均匀地分成两份，再用头绳在一头将他们扎成两捆，挂在篱笆上，他要在这两把草身上练就一番梳小辫的高超本领。

麦田的异想天开、想象无穷，在樱桃小庄是出了名的。

这些草因为常年见不到阳光，长得很细，很长，也很柔软，是淡金色的。

开始，麦穗不知道哥哥在干什么，但看着看着，就明白了。笑了。然后就乖巧地坐在麦田的身边看着。麦田每天都拿这两捆草当麦穗的头发练编小辫，练了整整一个星期之后，就已经可以很快地将它们编成小辫了，不粗不细，两根一样。麦田对麦穗说："你原来的小辫好像就是这样子的。"麦穗也觉得自己以前的小辫就是这样的，只是她的两根小辫是黑色的，这两根小辫是金色的。

麦田不放心，对麦穗说："我再练两天。"

这天，麦穗从外面回来后，脸上挂着泪痕，并且面颊上还有两道明显的抓痕。麦田很快发现了，问："谁欺负你了？"

麦穗大哭："豆宝跟梁子说我奶奶是个老痴子，被我听见了。"

"你就跟他打起来了？"

麦穗点点头。

"再有谁说，就回来告诉我，看我敢不敢把他嘴撕烂！"

这天晚上，一轮满月，将大地照成了又一个白天。麦田摆好两张凳子，让麦穗在他面前坐下，撸了撸袖子，毫无必要地咳嗽了一声，便开始为麦穗编小辫。他不慌不忙，样子很像一个梳小辫的大师。他有条不紊地给麦穗梳头，编织，好像这个活，他很早以前就会干了，并且一直在干，是他的一份谋生的手艺。

麦田只一次，就很成功将自己的功夫转化到了麦穗的头上。他让麦穗站起来，然后自己后退了几步，好好端详了一阵，得意地笑起来。

那时奶奶正手持手电筒从外面巡视回来，见到麦穗的小辫，眯缝着眼睛笑了起来。接着，她用那束亮光久久地照着麦穗的小辫。她好像想起了什么,神情很像一个从睡梦中醒来的人。

第二天一早,麦田早早就给麦穗编好了小辫。

当绒秀她们看到麦穗的小辫后,都万分惊讶。

麦穗就按哥哥交代的话说:"是我奶奶编的。"说着,她将脑袋一晃,就见那两根小辫,在清澈的晨光里十分优美地摆动着……

五

奶奶用于睡眠的时间越来少了,她几乎不再睡觉,即使睡觉,也不是好好地在床上睡,而是随便在什么地方倒下、坐下,甚至站着,就稀里糊涂地睡着了。就睡那么一小会儿工夫,眼还未完全睁开,就又开始了她在屋前屋后的走动。她守着的似乎不是一个几乎一无所有的家,而是一座历史悠久的、装满了金银珠宝的城堡。她是这个城堡的卫兵,这个卫兵多少年前就在走动了,一个无人可以替换、永不能下岗的卫兵。她走着,眼睛里是深深的怀疑和警惕,仿佛所有的人都在不怀好意地窥视着她正在守卫着的这座城堡,任何一个人一旦出现在附近,她就会用眼睛紧紧地盯着,盯得人家好不自在,甚至有点儿恼火。甚至是那些飞过的麻雀、探头探脑的狗和从墙根溜着走的猫,都会让她生疑。绒秀和杏子她们再也不来找麦穗玩了,除非麦穗去找她们玩。那只手电筒,一天二十四小时都抓在她手上,天一黑,那束亮光就会像一把长长的利剑,或指点,或划过,或劈杀,或舞动。

每天晚上,麦田和麦穗都要劝奶奶早点儿回屋睡觉,但奶奶根本听不进他们的话,十分固执地手持手电筒,坚持在她神圣的岗位上。麦田和麦穗尽量坚持着不睡,好陪伴着奶奶。他们没有力气跟着奶奶走动,只能呆呆地坐在院门槛上。奶奶不时地会从他们面前走过,他们看着越来越瘦弱的她,很想对她说些什么,但他们又不知道应该对她说些什么,只能看着她的身影在黑夜中移动着,那时奶奶看上去只是一个影子。他们终于坚持不住了,不得不丢下奶奶回屋里睡觉去。等天亮醒来,他们发现奶奶也许坐在院门口的凳子上打盹,也许躺在那片淹没了砖瓦和木头的野草从中睡着了。每次见到如此情形,两个孩子都心疼不已,麦穗总是止不住地哭泣,一声连着一声地叫着:"奶奶,奶奶……"麦田赶紧将奶奶唤醒,将她硬拉进屋里。奶奶会竭力反抗,麦田只好进屋给奶奶拿来厚一点儿的衣服给她穿上。

这天,从早上开始,奶奶像一只鸟做窝一样,不停地将从四处搜集而来的干草抱到那堆砖瓦旁,到傍晚时,那堆干草已经堆积得很厚了。麦田和麦穗看不明白,奶奶堆积这些干草究竟要干什么,麦穗问奶奶,奶奶也不说,只是看着那堆干草,那眼神就像一只鸟看它辛辛苦苦做成的窝。

第二天早上,麦田让麦穗去叫奶奶吃早饭,可是麦穗屋前屋后地找了好几圈,也没有找到奶奶,就赶紧回到麦田面前报告:"奶奶不见了!"

麦田一听,赶紧跑出屋子,并大声叫着:"奶——奶——"

没有回答。

麦田让麦穗在家中守着,自己往村巷里跑去,遇到人就问:"看到我奶奶了吗?"

都说没有看到。

麦田找了一圈,没有找到奶奶,就又往回跑。

麦穗早等在路口:"看到奶奶了吗?"

"没有。"麦田一边往家里跑,一边还是不住地呼唤:"奶奶!奶奶!"明明已经两次检查过奶奶的房间了,床上空空的,但他还是进了奶奶的房间:还是空床。他又毫无意义地检查了一遍麦穗和自己的房间,还毫无道理地跪在地上往床下看了看。一边细心地看,一边又在心里嘲笑自己:"奶奶也不是一只猫,一只兔子,怎么会钻到床下面呢?"

屋里肯定没有奶奶,麦田又走到门外。以往,这个时候,奶奶总是在外面转悠的。麦田忽然觉得,这个没有奶奶身影的早晨显得十分地空大和荒凉。他和麦穗站在那里,一边在心里担心着奶奶,一边,心里涌起一番孤独,还有一种被遗弃了的感觉。

麻雀在天空下飞来飞去。很多的麻雀,成百上千,一会飞上天空,一会飞在野草梢头,像褐色的旋风。

麦田忽然想起了什么,立即往那堆干草跑去。

还是一堆干草,但麦田还是看出了这堆干草与昨天那堆干草的不同。他蹲在干草旁,用手轻轻地拨开一些干草,还没等他叫出声,麦穗先叫了起来:"奶奶!"

奶奶钻在干草里还没有醒来。

麦田没有叫醒奶奶,和麦穗一起,又将那些拨开的干草轻轻地盖到了奶奶的身上。

麦田和麦穗看着这一对干草,长长地吐出一口气来。

让麦田没有想到的是,他特别担心的事,仅仅相隔几天就发生了……

六

那是一个黑得彻彻底底的夜晚。庄子里有人声、狗叫声、驴叫声,但不见其身影。一个五颜六色的世界,变成了一个只剩声音的世界。在巷子里走着的人,走着走着,撞了墙,或是撞到了另外一个也走着的人。田埂上走着的人,走着走着,掉到缺口里了,或是掉到水沟里了。

奶奶用那束光照亮了麦田,照亮了麦穗,确定孙子孙女已经在家中并安然入睡,放心地走出了屋子,开始了她的夜巡。那束光先是像机枪一般前后左右地扫射了一遍,便开始慢慢地移动,一寸一寸地移动,每一块砖,每一块瓦,每一根木头,都要被明白无误地照到。她仿佛认识每一块砖瓦和每一根木头,丢了其中任何一块任何一根,她马上就能发现。曾经有个赶集的人路过这儿,肩上的挑着两只柳筐,两只筐里的东西不一样沉,心里感到不平衡,担在肩上不舒服,这时看到了荒草中的砖,就放下担子,拿了两块砖,放在轻的一头,顺手拔了一把草盖在了砖头上,挑起担子走了,心里平衡了,肩上舒服了,还唱起小调。那时,奶奶查看了樱桃树上的樱桃之后,正走过来,立即发现砖头堆上丢了两块砖,扭头见到了那个挑担子的人,就追上去,将那个人拦下了。"老太太,我好好地走路,你拦我干什么?"那人还要往前走,奶奶不让,一把掀掉了盖在砖头上的草:"你偷我家砖头了!"那人放下担子:"天下砖头多了,你怎么就认定这砖头是你家的呢?"奶奶说:"我家的砖头我认识!"那人大笑起来。奶奶不理他,拿起两块砖头就往家走。那人就对一个在地里锄草的人说:"这老太太,太抠门,就拿了她两块砖,她还追过来拿回去。"那锄草的人说:"这就是你的不对了,那两块砖是人家用血汗钱买的。老太太能让你拿吗?不能!你还不要不相信,那一块块砖,她真认识。"

奶奶站在黑暗里,那束亮光里突然出现了一个人影。那人影就在奶奶铺就的干草旁。那束亮光非常刺眼,只见那人连忙用手挡住了自己的脸。那束亮光毫不动摇地照在那个人的脸上。他并非小偷,只不过是一个昼夜不分、随遇而安的流浪汉。他可能是想倒在奶奶的那堆干草里睡下的,现在被那束亮光坚决地照着，知道被人怀疑为小偷了，怕说不清楚，赶紧拔腿逃跑。他往左一跳，就在那束亮光中消失了。他跌跌撞撞地在黑暗里跑动着，当那束亮光终于又追踪到那人时，那人已经跑出去五十米多远了。年迈、衰老的奶奶，毫不迟疑地追赶了过去。

一场逃跑和追踪，就这样在一片漆黑中展开了。

不知是因为流浪汉觉得这漫漫的流浪之路实在太无聊太寂寞，还是因为脾气古怪，逃跑给他带来了极大的兴奋。他像一只调皮的野山羊，在黑暗和那束亮光中跳跃着，奔跑着。他不时地闪开，躲避那束亮光，而当那束亮光久久不能照到他身上时，他又会主动跳进那束亮光里。他对这场于深夜里展开的捉迷藏，很感兴趣。奶奶能看到他，而他根本看不到奶奶，他不会想到在后面紧追不舍的人只是一个老太太，只顾沉浸在难得的快乐之中。

奶奶一次又一次地跌倒，一次又一次爬起，她的额头好像被什么坚硬的东西磕破了，在黑暗中流着血，但她毫无觉察，紧紧追着。

那流浪汉居然站住，在那里等了一会儿追他的人。

一个脏兮兮的人，背着一只鼓鼓囊囊的包，这让奶奶满腹疑问。她用已经变得有点儿暗淡的那束亮光,死死地照在他的黑乎乎的脸上。

他朝手持手电筒的这个人笑了笑,再次一闪身子,又不见了。无论奶奶怎么用那束亮光搜寻,都没有能够再找到他。他好像一只狡猾的兔子永远消失了。那束越来越暗淡的亮光,在田野上照来照去,除了落尽叶子的树和东倒西歪的枯草,就是毫无生气的土地。

远处,那个流浪汉挑挑衅似的唱起了歌。

奶奶立即向那声音传来的地方追去。她再一次摔倒,是在一条大河的河边。她是从大堤上滚下去的。这是一次沉重的摔倒,她几乎被摔晕了。就在她的身体不时地在滚动中被弹起时,那只如同她生命一般的手电筒在她手中滑落了。她有一阵躺在地上一动不动,好像一个累极了的人睡着了。不知过了多久,她身子不动,两手却在地上摸索着。摸索了一阵,手停住了,好像在思索。忽然,她翻过身来,然后在地上不住地爬着,胡乱地寻找着那只手电筒。

她爬来爬去,差一点儿爬到河里。

那个讨厌的流浪汉,似乎在沿着河岸往前走,一边走,一边怪腔怪调地在黑暗中唱着。

奶奶顾不上那只手电筒了，爬起来，又向那人追去……

天渐渐亮了。慢慢苏醒过来的樱桃小庄，没有一个人看到奶奶已经远远地离开了这里。

麦田起来后，没有立即去看奶奶，因为这几天奶奶一直睡在干草里，而那里已经成为一张很舒服的床。这张床上，有麦田和麦穗为奶奶铺好的褥子，还有一床厚厚的被子。反正也无法让奶奶住到家中，他们能做到就是不让奶奶在外面冻着。天还早，奶奶一定又是一夜未睡，在看守着这个家。麦田猜测，奶奶大概又是在凌晨时才睡到那张干草床上的，那就让她多睡一会儿吧。一直到烧好早饭，麦田才让麦穗去叫奶奶，但麦穗很快从外面带回一个消息：干草床上，没有奶奶！

麦田立即来到那堆干草旁，见没有奶奶，他将褥子和被子抛到砖头堆上，不死心地开始翻动干草，甚至不住地抱起干草，从手中将它们哗啦啦抖落，仿佛奶奶是根针，混在干草里了，他要把它抖搂出来。

后来，有好长时间，他就呆若木鸡地站在灰色的天空下。

麦穗已经开始哭泣，并在嘴里小声地叨咕着："奶奶没了,奶奶没了……"

麦田跑到庄里,见人就问:"见到我奶奶了吗?"

所有的人都摇头。

麦田就发疯似的到处找着,庄里的人也纷纷出动,帮他一起找。从早上找到天黑,找遍了樱桃小庄周边所有的村庄和田野,都没有找到,甚至连奶奶的踪迹都没有发现。天黑了,有人将晚饭端来,劝麦田和麦穗吃点儿东西,他们已经整整一天没有吃一点儿东西了。但他们就是不吃,只知道在那儿淌眼泪。人们劝说和安慰他们一直到深夜,才渐渐散去。

第二天,麦田让麦穗在家中待着——"万一奶奶自己走回来了呢?"他独自一人又出门去找奶奶了。

黄昏,累得踉踉跄跄的麦田来到了那条大河边。他实在走不动了,就在河边的干草丛里躺了下来。不一会儿,他就迷迷糊糊地睡着了。他甚至做了梦,还梦见了奶奶,奶奶穿着干干净净的衣服朝他笑着。河上起了大风,虽是初冬季节的风,但已寒意深重,他在哆嗦中醒来了。他想到了麦穗,赶紧起身往家走,但走了几步,就停住了脚步:他偶然往一旁瞥了一眼,好像在草丛里看到了什么!他连忙转身走过去,当他弯下腰去时,眼前的一件器物,几乎使他惊叫起来：一只手电筒！他几乎是扑到手电筒上的。很快，他就认出了它就是奶奶的手电筒。他朝大河那边看看，又顺着河岸向前看去：奶奶是过了河往前走的呢？还是沿着河岸往前走的呢？

走在回家的路上，他告诉自己：一定要好好地吃饭，因为你很快就要上路了——找奶奶去，不是像现在这样找，而是要到很远很远的地方去找，因为奶奶可能已经走出去很远很远了，你要有力气，不吃饭是没有力气上路的……

七

第二天，麦田没有出去找奶奶，几乎一整天都坐在院门槛上。他要好好想想，他什么时候出发，路上要带一些什么东西，他走了，麦穗怎么办，黑子和石榴又怎么办。他这一走，还不知什么时候才能找到奶奶一起回家呢！他要考虑的问题相当之多，他必须像一个成熟的大人那样将一切都考虑周全，不能有任何差错和遗漏。

麦穗回来了，是哭着回来的。

麦田问道："你怎么啦？"

麦穗抹了一把眼泪:"我和豆宝打架了……"

"你又打不过豆宝,和他打什么架!"

"打不过,我也要打!"麦穗呜呜呜地哭起来。

"到底怎么啦?"麦田知道,麦穗是一个连骂人都不会的女孩,怎么可能和人打架呢?还是和一个男孩打架?

"豆宝对人说,我奶奶八成是掉到河里淹死了……"

麦田听罢,霍地站了起来。他要立即找到豆宝,然后没头没脸地狠狠地揍他一顿。他一路上咬牙切齿地攥着两个拳头。

豆宝远远地看见麦田来了,赶紧跑。他本打算是往家跑的,可是回家的路,被麦田堵住了。他只好掉头往田野上跑。

麦田就紧紧地跟着。他不想马上冲上去就揍豆宝,他要等豆宝跑到没有人可以看到的地方再狠狠地揍他,省得他刚刚才开始揍他,还没有解恨呢,就被那些大人硬是拉开了。

豆宝明明知道,他是跑不过麦田的,而且越往远处跑就越是对他不利,但他又有什么办法?他现在能做的就是逃跑。

他们离庄子已经很远了,已不在樱桃小庄人的视野里了,麦田突然像一条愤怒的小公牛,气势汹汹地冲向了豆宝。

豆宝听到了战鼓一般的脚步声越擂越响,越擂越急,双腿一软,身体控制不住地向前扑倒,双臂为保持平衡而展开,就像一只大鸟展开双翅,但却不能飞起,仿佛展开的是一双严重受伤的翅膀,扑棱了几下,扑通一声,重重地扑倒在地上。

麦田很容易就骑到了豆宝身上。

豆宝没有做任何反抗。

麦田的拳头雨点一般落在豆宝的身上:"让你说我奶奶淹死了!让你说我奶奶淹死了!"

但麦田对豆宝的殴打,并没有持续到他自愿罢休为止。豆宝甚至还没有感受到最沉重、最凶狠的打击,随着麦田一声大喊"我奶奶还活着",这场本来要暴风骤雨式的殴打,忽然变得十分软弱,拳头虽然还在落下,但已几乎没有分量了。"我奶奶还活着!我奶奶还活着……"他低着头,泪水奔涌,泪珠不停地滴落在豆宝的颈项上和发丛里。

豆宝也趴在地上哭泣起来。

麦田的奶奶,其实是全樱桃小庄的孩子们所敬爱的奶奶。

麦田丢下豆宝,坐到一边:"我奶奶还活着!我奶奶还活着……"他低着头,用手不住地揪地上的枯草,不一会儿就揪了一堆枯草。

豆宝坐在麦田的身旁:"奶奶会回来的……"

麦田摇了摇头:"奶奶不会回来了,你说得没有错,奶奶已经痴了。老痴子?没有错,就是老痴子……"

"不是!"

"是!"麦田的双手一直捂着脸,泪水从手指缝不住地渗透出来,如同岩石缝里流出的泉水。

一只野鸡从不远处的草丛里扑棱棱飞起,飞向远处。

麦田对豆宝说:"我要去找我奶奶!"

豆宝没有感到吃惊:"什么时候走?"

"快了。"

"麦穗怎么办?"

"我不知道怎么办。"麦田朝天边看去,"我总能想出办法来的。"

麦穗正向他们慢慢走过来……

八

其实,麦田是想不出什么办法来的。爷爷、外公外婆都已去世了,爸爸是个独子,麦田既没有叔叔,也没有姑姑。

妈妈只有一个姐姐,但那年跟一个卖药材的人走了,现在人在千里之外。

麦田唯一的办法就是带着麦穗上路。

当他终于想明白这一点之后,他倒轻松起来。他现在可以对麦穗说了:"我们要去找奶奶。"

麦穗听了,转身回到她的房间,不一会儿抱出一只大包。那大包原来是奶奶到棉田里摘棉花用的。大包鼓鼓囊囊。

麦田纳闷地看着麦穗。

"里面是妈妈给我做的棉衣,还有换洗衣服。我的书包也收拾好了。"

"你怎么知道我们要去找奶奶的呢?"

"我知道。"

接下来的两天,他们两人就只做一件事:收拾行装。多了背不动,少了,不够用。因此始终犹犹豫豫,那行装收拾好了又打开,打开了,又再收拾好,反反复复。等要出发的头一天,麦田还是将行装打开了:"不行,怎么可能把整个家都背在身上呢?"他从中拿出去许多东西。但有些东西,却从一开始收拾行装时,就一直在必带的物品名单里:一张全家福照片，那是爸爸妈妈即将出门之前领着全家人到镇上照相馆照的；两人的书本；笛子和奶奶为那支笛子做的一只非常好看的布套；还有那支奶奶用来守卫家园的手电筒——从此，它的亮光将转而成为寻找奶奶的光束。

麦穗是带上了，那么，还有一只羊怎么办呢？

也得带上。

羊带上了，那么，还有一只鹅怎么办？

也得带上。

一切都已确定，一切都已安排得稳稳当当。临出发的那天，从下午开始，麦田与麦穗就一直坐在那棵樱桃树下。那不光是麦田爱坐着的地方，也是麦田、麦穗和奶奶爱一起坐着的地方。春夏秋冬，岁月流淌，年年，月月，月月，年年，他们一起在樱桃树下坐了多少次，又坐了多久，已无法计算。他们总是坐在樱桃树下，一起向远处眺望。谁也说不清楚他们在眺望什么，甚至连他们自己都大概也无法说得清楚究竟在眺望什么。但这眺望几乎是永恒的。他们都愿意将许多时光用在这眺望上。在樱桃小庄的人的记忆里，总有他们眺望的背影。这背影引来的，也许是一声叹息，也许引来的只是注目——在一番静穆中的注目。现在，只有他们兄妹俩了，那个总在他们中间坐着的奶奶已不知身在何方？两个小人儿的眺望显得不免有点儿凄凉。

樱桃小庄有许多人看到了他们。看着，一句话也不说。他们没有想到，这次眺望之后，两个孩子将要从樱桃小庄消失，而何时归来，将成为他们每一天的心头追问。

麦田、麦穗，两个孩子，兄妹俩，是在爸爸妈妈那天离开的那个时间离开的，那个时间，樱桃小庄还在睡梦中。他们知道得很清楚，樱桃小庄的人是绝对不可能同意他们离开樱桃小庄去找奶奶的。

月色很好，是那种让人赞美的月色。

一个哥哥，一个妹妹，一只羊，一只鹅，在这可以洗净尘埃的月光下，义无反顾地踏上了寻找奶奶的漫漫长路……

（节选自长篇小说《樱桃小庄》第二章）

名家点评

《樱桃小庄》的人物设置别具匠心，童趣盎然又自有深意与会心之处，同时符合生活实际。坚韧、有担当、包容的哥哥麦田，善良可爱、不惧困难、被呵护关爱的妹妹麦穗，小说通过大量细节刻绘了兄妹俩的独立性格。曹文轩笔下的每一个人物都是清晰挺拔的，这是优秀儿童文学必备的美学标准之一。

人与世界唯一珍贵的联结纽带就是"爱"。"樱桃小庄"原本是留守儿童的栖居地，曹文轩却意在捕捉萦绕在平民灵魂中的伟大的"爱"。因为审美介入与精神构造，"樱桃小庄"又成为一个崭新的中国童年意象符号，就像他的"草房子"。文学的存在方式是"象征性"的，因为它的世界是"非物质的"，但它与我们的心灵永远同在。"樱桃小庄"就是一处爱的发源地，为孩子们提供着一生行走的力量。

兰州大学文学院院长，儿童文学评论家　李利芳

守护家园的奶奶因老年失忆走失离家，浓挚的亲情与守护家人的责任感让弱小的兄妹萌生了巨大的勇气，决定靠自己的力量找回奶奶，寻得团圆。一家人就这样为了"家"而先后"离家"。儿童离家寻亲，往往必然与历险、成长相关联。涉世未深的兄妹完全不能预料寻亲之旅的艰辛程度，在直面社会与各种各样的人、各种各样的问题的过程中，麦田与麦穗显然经历了独立面对世界的内部成长。但这仍不是这部作品的重心。作品的深层力量，在于借亲人离散后的艰难寻找，叩响家庭亲情的情感之音，探讨人生路上各种短暂而陌生的相遇，即人与人之间的情感交互。

小家的层面，这个家庭中的每一个人，都在拼尽全力维护他们的"家"。

跳出小家的层面，《樱桃小庄》更明显地着力于对家庭亲情之外的人间善意的呼唤。《樱桃小庄》切近于一部人性寓言，意指人间"大爱"。大爱，即博爱，是推己及人的尊重，是利他助人的关爱。

太原师范学院教授，儿童文学评论家　崔昕平

附录
曹文轩作品创作大事记年表

1982年02月，《弓》（短篇小说），获《儿童文学》优秀作品奖。

1983年02月，《没有角的牛》（中篇小说集），少年儿童出版社。

1985年05月，《古老的围墙》（长篇小说），江苏人民出版社。

1986年02月，《云雾中的古堡》（短篇小说集），重庆出版社。

1986年02月，《哑牛》（短篇小说集），少年儿童出版社。

1988年04月，《再见了，我的小星星》（小说），获第一届全国优秀儿童文学奖。

1988年06月，《中国八十年代文学现象研究》（专著），北京大学出版社。获北京大学首届青年优秀科研成果一等奖、中国当代文学研究会第二届文学评、论科研奖。

1988年09月，《埋在雪下的小屋》（中篇小说集），广西人民出版社。

1988 年 11 月，《暮色笼罩的祠堂》（中篇小说集），中国少年儿童出版社。

1988 年 11 月，《儿童文学观念的更新》（论文），首次全国儿童文学理论评奖优秀论文奖。

1989 年 01 月，《忧郁的田园》（中短篇小说集），北京十月文艺出版社。

1989 年 05 月，《云雾中的古堡》（短篇小说集），获中国新时期优秀少儿文艺读物奖一等奖。

1990 年 05 月，《第二世界：对文学的哲学解释》（专著），上海文学出版社。

1990 年 12 月，《山羊不吃天堂草》（长篇小说），江苏少年儿童出版社。获第三届宋庆龄儿童文学奖金奖、中国作家协会全国儿童文学作品集评奖一等奖。

1992 年 04 月，《绿色的栅栏》（短篇小说集），教育科学出版社。

1992 年 12 月，《田螺》（小说），获海峡两岸少年小说征文优等奖。

1993 年 11 月，《蓝花》（短篇小说），获冰心儿童文学新作奖。

1993 年 11 月，《红帆》（短篇小说集），安徽教育出版社。

1994 年 03 月，与左珊丹合著《水下有座城》（短篇小说集），黑龙江少年儿童出版社。

1994 年 07 月，《红葫芦》（短篇小说集），台湾民生报社。获台湾、《中国时报》1994年度十大童书奖、台湾《民生报》《国语日报》《儿童日报》《幼狮少年月刊》等联合主办"好书大家读"年度短篇小说类创作最佳奖。

1994年07月,《山羊不吃天堂草》(长篇小说),台湾民生报社。获台湾《民生报》《国语日报》《儿童日报》《幼狮少年月刊》等联合主办"好书大家读"年度长篇小说类创作最佳奖。

1994年12月,《埋在雪下的小屋》(短篇小说集),台湾国际少年村图书出版社。

1996年07月,《少年》(散文),台湾民生报社。

1996年08月,《新时期儿童文学名家作品选:蔷薇谷》(短篇小说集),福建少年儿童出版社。

1997年01月,《荒漠的回响—曹文轩文学论集》,二十一世纪出版社。

1997年12月,《草房子》(长篇小说,初版),江苏少年儿童出版社。获台湾《民生报》《国语日报》《幼狮少年月刊》等联合主办"好书大家读"年度最佳少年儿童读物奖、第九届冰心文学奖大奖、第八届中国电影童牛奖优秀编剧奖、第四届国家图书奖、第四届全国优秀儿童文学奖、第五届宋庆龄儿童文学奖小说类金奖、第十四届德黑兰国际电影节评审团特别大奖金蝴蝶奖、意大利第十三届Giffoni电影节铜狮奖。

1998年01月,《曹文轩儿童文学论集》,二十一世纪出版社。

1998年01月,《追随永恒》(散文),北京大学出版社。

1998年02月,《三角地》(中短篇小说集),获台湾《民生报》《国语日报》《幼狮少年月刊》等联合主办"好书大家读"年度最佳少年儿童读物奖。

1998年04月,《红瓦》(长篇小说),北京十月文艺出版社。获第四届国家图书奖二等奖、台湾台北市立图书馆、台湾《民生报》《国语日报》《幼狮少年月刊》等联合主办"好书大家读"年度最佳少年儿童读物奖。

1998年12月,《草房子》(上、下)(长篇小说,初版),台湾民生报社。

1999年02月,《面对微妙》(学术随笔集),泰山出版社。

1999年04月,《根鸟》(长篇小说),春风文艺出版社。获第六届宋庆龄儿童文学奖佳作奖。

1999年06月,《中华儿童文学名家名作书系:红葫芦》,希望出版社。

1999年09月,《根鸟》(长篇小说,初版),台湾民生报社。

2001年,《红瓦》(韩文版1、2)(长篇小说),获韩国《中央日报》等评选的2001年度"十本好书"。

2001年09月,《中国儿童文学五人谈》(学术著作,与彭懿、朱自强、方卫平、梅子涵合著),新蕾出版社。获中国出版协会颁发的第十三届中国图书奖一等奖、中华人民共和国新闻出版总署颁发的第六届国家图书奖提名奖。

2001年10月，《人类生存状态的一致性—关于电影应关注何种存在层面的思考》，获第十届中国金鸡百花电影节优秀学术论文奖。

2002年01月，《20世纪末中国文学现象研究》（著作），北京大学出版社。获北京大学第八届人文社会科学优秀成果一等奖。

2002年01月，《第十一根红布条》（短篇小说集），吉林人民出版社。

2002年05月，《疲软的小号》（初版），人民文学出版。

2002年07月，《小说门》（专著），作家出版社。

2002年09月，《甜橙树》（初版，中篇小说集），台湾民生报社。

2002年09月，《白栅栏》（短篇小说集），台湾民生报社。

2003年01月，《曹文轩文集》（含《草房子》《红瓦》《根鸟》《山羊不吃天堂草》《甜橙树》《第二世界》《一根燃尽了的绳子》《中国八十年代文学现象研究》《二十世纪末中国文学现象研究》《小说门》），作家出版社。

2003年06月，《细米》（长篇小说），上海文艺出版社。获中国作家协会第六届全国儿童文学奖、北京市文联、北京市文化局、北京市广播电视局、北京市新闻出版局、

　　　　　　　北京日报报业集团、北京出版社出版集团颁发的
　　　　　　　北京市庆祝新中国成立55周年文艺作品荣誉奖。
2004年01月，《读小说》（学术著作），台湾天卫文化图书有
　　　　　　　限公司。
2004年02月，获国际儿童读物联盟中国分会（CBBY）颁发的
　　　　　　　中国安徒生奖。
2004年04月，被授予北京市2004年度优秀教师称号。
2004年05月，获国际儿童读物联盟（IBBY）颁发的中国安徒生
　　　　　　　奖提名。
2004年12月，获北京第二届中青年文艺工作者德艺双馨奖。
2004年12月，《重逢大师》获北京市文联、北京市文化局、北
　　　　　　　京市广播电视局、北京市新闻出版局、北京日报
　　　　　　　报业集团、北京出版社出版集团颁发的北京市庆
　　　　　　　祝新中国成立55周年文艺作品佳作奖。
2005年03月，《曹文轩纯美小说系列》（含《野风车》《红瓦黑
　　　　　　　瓦》《山羊不吃天堂草》《细米》《狗牙雨》《根
　　　　　　　鸟》《感动》《草房子》），江苏少年儿童出版社。
2005年03月，《天瓢》（长篇小说），长江文艺出版社。
2005年04月，《青铜葵花》（长篇小说），江苏少年儿童出版社。
　　　　　　　获台湾《中国时报》2005年"十大好书"、台湾《民
　　　　　　　生报》《国语日报》《儿童日报》《幼狮少年月刊》
　　　　　　　等联合主办"好书大家读"年度长篇小说类创作

最佳奖、中国出版政府奖、中国作家协会第七届优秀儿童文学奖、第十届中宣部精神文明建设"五个一"工程奖优秀作品奖。

2006年01月，《百年百部中国儿童文学经典书系：草房子》（长篇小说），湖北少年儿童出版社。

2006年03月，《稻香渡》（长篇小说），台湾联合报股份有限公司民生报事业处，民声文化传播股份有限公司。获台湾"好书大家读"2006年度长篇小说类创作最佳奖。

2007年07月，《大王书》（长篇小说）《第一部：黄琉璃》《第二部：红纱灯》，接力出版社。《大王书·黄琉璃》获中国图书奖、中国作家协会第八届优秀儿童文学奖。

2008年10月，《改革开放30年中国儿童文学金品30部：月白风清》（短篇小说集），新世纪出版社。

2009年05月，《曹文轩美文朗读丛书》（（含《大麦地》《岩石上的王》《细瘦的洋烛》《妈妈是棵树》《远山，有座雕像》《大耳朵男孩》《一河大鱼向东游》），北京大学出版社。

2009年08月，《我的儿子皮卡》系列，二十一世纪出版社。获第四届中华优秀出版物（图书）奖。

2010年01月，《曹文轩文集》(含《小说门》《山头不吃天堂草》

《天瓢》《草房子》《中国八十年代文学现象研究》《根鸟》《红瓦》《第二世界》《一根燃烧尽了的绳子》《三角地》《细米》《二十世纪末中国文学现象研究》），人民文学出版社。

2010年06月，《菊花娃娃》（图画书），赵蕾绘，明天出版社。获第四届中华优秀出版物（图书）奖，入选新闻出版总署第三届"三个一百"原创出版工程。

2010年06月，《一条大鱼向东游》（图画书），龚燕翎绘，明天出版社。获冰心儿童图书奖、第四届中华优秀出版物（图书）奖，入选新闻出版总署第三届"三个一百"原创出版工程。

2011年06月，《曹文轩精品桥梁书系列》（含《杜夏老师》《石头城》《大声呼喊》《五个小鬼》《黑鸽子》），重庆出版社。

2010年06月，《最后一只豹子》（图画书），李蓉绘，明天出版社。获第四届中华优秀出版物（图书）奖，入选新闻出版总署第三届"三个一百"原创出版工程。

2010年09月，《痴鸡》（短篇小说）获2010年度输出版优秀图书奖，第四届中华优秀出版物（图书）奖。

2012年01月，《丁丁当当·黑痴白痴》（美绘版），中国少年儿童出版社。获冰心儿童文学奖。

2013年05月，《曹文轩作品》（短篇小说集，含《麦子的嚎叫》

《灰娃的高地》《雪柿子》《小尾巴》），明天出版社。

2013年05月，《飞翔的鸟窝》，程思新绘，明天出版社。获第四届中华优秀出版物奖。

2013年07月，《丁丁当当·盲羊》，获中国作家协会第九届优秀儿童文学奖。入选2016年4月国际儿童读物联盟年度荣誉榜单。

2013年09月，《羽毛》（图画书），罗杰·米罗绘，中国少年儿童出版社。

2014年04月，《烟》(图画书)，[英]郁蓉图，二十一世纪出版社。获塞尔维亚国际书展插画奖、韩国南怡岛国际图画书大赛插画奖、国家新闻出版广电总局"经典中国国际出版工程"。

2014年06月，《曹文轩论儿童文学》（专著），海豚出版社。

2014年06月，《枫林渡》（长篇小说），明天出版社。

2015年05月，《火印》（长篇小说），人民文学出版社。获冰心儿童图书奖、陈伯吹国际儿童文学奖、第三届上海好童书奖、第四届少年中国少儿文化作品评选文学组天际金奖、国家新闻出版广电总局向全国青少年推荐百种优秀出版物、《出版人杂志》"年度图书"、当当网中国十大原创新书、中国出版协会"年度中国30本好书"、《光明日报》光明书榜特别推荐抗战主题出版物、中国图书馆学会全民阅读年会"50种重点推荐图书"、百道网"抗战与反法西斯胜利70周年少儿图书推荐"、《出版商务周报》"24位社长总编联袂推荐的暑期重品书单"。

2015年09月,《夏天》(图画书),[英]郁蓉图,二十一世纪出版社。入选德国国际青少年图书馆"白乌鸦书单"。获中国图画书创作研究中心原创图画书年度排行榜TOP10首奖、当当网十大中国原创新书、百道网"中国好书"榜。

2016年04月,获国际儿童读物联盟(IBBY)颁发的2016年度国际安徒生奖,并于2016年8月20日在新西兰领取该奖,此为中国作家首次获此奖项。

2016年06月,《蜻蜓眼》(长篇小说),首发于2016年第6期《人民文学》。同年,由凤凰出版集团旗下江苏少年儿童出版社出版。获吴承恩长篇小说奖、中国当代文学研究会颁发的第三届叶圣陶教师文学奖。

2017年03月,获2016—2017影响世界华人大奖。该奖项设立于2006年,由凤凰卫视发起,连同国内外多家中文媒体共同主办。

2017年04月,"曹文轩新小说"系列《穿堂风》(中篇小说),人民文学出版社·天天出版社。

2017年08月,"曹文轩新小说"系列《蝙蝠香》(中篇小说),
人民文学出版社·天天出版社。

2017年08月,《我不想做一只小老鼠》(图画书),[意大利]
伊娃·蒙塔娜里绘,人民文学出版社·天天
出版社。获国家文津图书推荐奖。

2018年01月,《青铜葵花》(长篇小说),获美国《出版者》"2017
年优秀作品"称号、美国弗里曼奖金奖。

2018年03月,"曹文轩新小说"系列《萤王》(中篇),人民
文学出版社·天天出版社。入选"中版好书"榜。

2018年10月,《疯狗浪》(长篇小说),长江少年儿童出版社。

2019年03月,《永不停止的奔跑》(绘本),[俄]伊戈尔·欧
尼可夫绘,接力出版社。

2019年05月,"曹文轩新小说"系列《草鞋湾》(长篇小说),
人民文学出版社·天天出版社。

2019年09月,《草房子》(长篇小说)入选"新中国70年70
部长篇小说典藏"。

2019年12月,获评2019年度"全国阅读推广特别贡献人物"。

2020年04月,"曹文轩新小说"系列《蝙蝠香》(中篇小说)《寻
找一只鸟》,人民文学出版社·天天出版社。
入选"中版好书"榜。

2020年05月,《樱桃小庄》(长篇小说),入选《中华读书报》
月度好书榜。